暮色春秋

李晓君●著

『新实力』中国当代散文名家书系

河北出版传媒集团
花山文艺出版社

图书在版编目（CIP）数据

暮色春秋 / 李晓君著. —石家庄 ： 花山文艺出版社, 2016. 4（2021. 5重印）
ISBN 978-7-5511-2785-1
Ⅰ. ①暮… Ⅱ. ①李… Ⅲ. ①散文集－中国－当代 Ⅳ. ①I267
中国版本图书馆CIP数据核字(2016)第068212号

书　　名：暮色春秋
著　　者：李晓君

责任编辑：梁东方　韩　松
责任校对：杨丽英
美术编辑：胡彤亮
出版发行：花山文艺出版社（邮政编码：050061）
（河北省石家庄市友谊北大街330号）
销售热线：0311-88643221/29/31/32/26
传　　真：0311-88643225
印　　刷：三河市华东印刷有限公司
经　　销：新华书店
开　　本：650×940　1/16
印　　张：14
字　　数：197千字
版　　次：2016年10月第1版
2021年5月第3次印刷
书　　号：ISBN 978-7-5511-2785-1
定　　价：42.00元

自 序

曾经梦想成为一个画家。整个求学阶段，都在做画家梦。身边随处可见的纸——课本、作业本、草稿纸，以及废报纸，只要见到有空白处，便会手痒，其结果是，那片窄小的空间，很快被混乱的线条和歪曲的形象所占据。我的书本和作业本，一度成为同学争相翻阅的对象。

一部分老师，对我怀有不求上进的不满和剑走偏锋的遗憾。也有少部分老师欣赏我的“才华”，认为我与众不同，会有不错的未来。

我对自我本质的认识，在当时无法上升到理性的层面。因此对自我的评价不高，概因受到世俗评判的左右。我对兴趣爱好——怀有极度的诚恳和执着，不单是绘画，对其他也是如此。

土耳其作家奥尔罕·帕慕克，在《伊斯坦布尔——一座城市的记忆》中，也曾写到少年时代迷恋画画，在绘画和初恋的双重狂热中，将忧郁——他称之为“呼愁”——融入一座古老的城市。最后，他对母亲说：

“我不想当画家，我要成为作家。”

每位有过相同经历的作家，读到此，内心应都会怦然一跳。帕慕克先生将对绘画的梦想，放进了小说中——《我的名字叫做红》《黑书》《白色城堡》。

文学和绘画的关系似乎具有天然的血源性。这样的例子还有很多。我对这两个领域的涉足，纯然出于一种无意识的选择，但因沐浴文学和绘画的双重恩泽，内心感到充盈和幸福。

一个散文写作者，很难说是个完整意义上的作家。中国是诗歌的国度，古人说：“不学诗，无以言。”诗歌一直是传统文学中最中坚的部分。散文则通常是学者、诗人们的业余爱好。中国古代的散文家，一般来说，同时也是个诗人、书法家或者画家之类。

对我而言，散文把我带到了一个既真实又虚幻的空间，一片南方雨声稠密、丘陵起伏、村镇掩映的地带。散文就像一条河流，既可以打捞历史的残骸，也可以照见现实的倒影。

我总认为，好的散文极具兼容性和扩展性。它可以模糊小说、诗歌、戏剧的边界。它既可以充分满足一个人对历史、现实的述说，也可以驱策情感之笔任意游弋，甚至可以满足对“虚构”的热情，去编织可能的生活，还原沉睡在发黄纸片背后的“真实”。散文可以保留生活热腾腾的气息和清晰的纹理，它的平易朴实是诗歌的虹光落入湖水的沉静和淡泊。

◆◇◆目录◆◇◆

火电厂，以及春天

鉴于我对春天的好感，我二十来岁的时候，混迹在火电厂一带——像个游荡者，吃饱饭后无事可干，便在工厂附近转悠。其时，油菜花已经盛开了，一大片一大片，连绵地、没有尽头地烧灼着，这黄色焰火就像乡间之神的血液，在春天喷涌；行走在油菜花地的人，总是脚跟不稳，浮想联翩，身体里一种毛茸茸的情绪在生长。黯淡了一冬的村舍，也在金黄菜花的映衬下，显得粉黛俏丽，让人耳目一新。几阵雨下过后，土地像豪饮的酒鬼一样，肚子里发出舒畅的咕噜咕噜声。剩余的水汇集到沟渠里，欢快地流淌，迟滞了一冬的小河又吹起了悦耳的哨子。火电厂的烟囱每日吐着大团烟圈，像个无聊的烟鬼严肃地、日复一日地重复这枯燥的游戏。厂房里机声隆隆，齿轮、履带不停地运转、摩擦，油料和煤炭在机器里烧灼、释放；一阵阵电流从春天的上空输送到另外的厂房、单位和家庭。有时，机器发出强烈的轰鸣声，烟雾像拉开了闸门的洪流，自烟囱里喷泻而出，阵阵烟雾在油菜花地上空飘荡，空气里的黑色粉尘既沉重又潮湿。

我像个去看戏的乡下孩子一样，眼睛里充满欣喜。一边吹着口哨、手中挥舞着折来的柳枝条，一边摇摇晃晃地在田埂上行走。经过雨水的浇灌和阳光的暴晒，油菜花开得格外旺盛，鼓胀的花瓣仿佛要从枝头喷射而去，熏人的、刺鼻的香味让人昏昏欲睡，即便是在屋子里，这香气仍旧强烈地刺激人的嗅觉——就像下了蒙汗药。这香气使人又兴奋又瞌睡，有时实在忍无可忍。我的手臂不免碰到一些摇曳多情的花枝，这轻微的触痒，像女人沁人心脾的鼻息。有时，我会遇见几个来自城里的摄影爱好者，他们戴着鸭舌帽，穿着米色的、口袋装满了胶卷的马甲，灰蓝的牛仔裤上沾着黏泥。他们举着相机对着油菜花咔嚓咔嚓地照个不停，旁边年轻漂亮的姑娘，穿着鲜艳的红裙子，在一边大呼小叫，像奔忙的蜜蜂在花地里钻来钻去，脸上娇红，神思恍惚，心猿意马。我不知道，鲜艳的油菜花，和美丽的城里姑娘，二者之间，谁更好看。我心里似乎更倾向于后者。我的视线追踪着姑娘的身影，随她们在花间起伏，须臾未曾离开。这些摄影爱好者们，并不是每天都会来拍照，只是偶尔来，因此油菜花地很难见到这些姑娘的身影，这使我内心惆怅不已。

火电厂前面有条马路，灰白的沥青路面，反射着日光，慵懒地蜿蜒至前方的无名小镇。火电厂的大巴一辆接一辆地开进开出，车窗玻璃映现着一张张蓝色卡其布工装之上的脸。慵懒、倦怠的脸。高大的厂房，上面写着巨大的“抓质量、保安全、促生产、出效益”黑体字标语；厂办门前的广告栏里每日张贴着新的生产计划、指标，有时是开会的通知，或关于表彰劳动模范之类的决定——书写在猩红的纸上，黑色的毛笔字似乎墨迹未干，在阳光的照耀下，闪闪发亮。厂办门前的空地上站立着几个抽烟的人，从他们的神态、姿势里，同样看出一种国有企业惯坏的懒散。

春天的慵懒气息在每个人的脸上弥散。在电厂围墙外面，从车间管道里流出的废水顺着墙根汩汩流淌，一阵阵热气顺流而下，一些农妇蹲在渠边（或站在水里）洗衣服，她们的胳膊和脚因为热水的浸泡，而变得通红；黄昏的时候，她们的男人和小孩从家里出来，肩上搭着毛巾，去沟里洗热水澡。他们愉快地说笑，毫无顾忌地袒露身体，他们的母亲——那些老太太们，正坐在马路对面的房子里，心满意足地看着子孙在热水中嬉戏。有时，火电厂突然响起的轰鸣声使她们受惊，而将手中肮脏的手绢掉在了地上。她们唇边流着涎水——因为油菜花的香气同样使她们神思昏聩。从漆黑的中堂后面的村巷里，传来了叮叮当当地敲打声。铁匠铺冒出的火星，在漆黑的室内蜜蜂一样舞蹈，那火焰正旺的炉膛，看起来就像太上老君的炼丹炉——我从小得到这个印象，此后一直难以改变。打铁的老张是个皮肤黝黑、肌肉紧绷的壮汉，他的对面站着一个面黄肌瘦的羸弱少年，这俩人，你一锤我一锤地在铁镦上敲打一面正在成型的刀具，间或，徒弟停下来，走到鼓风机前推动风箱的手柄，将炉火加旺。除了金属打击发出的声响，俩人都不发一言，咬紧牙关，抵抗疲倦和油菜花香的双重干扰——而不轻易昏睡过去。铁器打好，师傅用火钳夹住，往水桶里一丢，刀具发出革命者被敌人用烙铁烫在肌肤上一样痛苦的尖叫。这短暂的声音无人倾听。波浪起伏的油菜花在夜晚摇曳它们的腰肢，像风骚的女人弄得云鬓散乱，香风阵阵。造物的情欲在催发一种亢奋的生命力。叫春的猫咪，弓着背，躁动不安地在屋顶上蹿来蹿去，像个凶恶的小老虎仰天长啸——这副面孔连它们的主人都感到了陌生。小周的诊所这个时候安静下来。我是诊所的常客——当然不是来看病，而是和他下棋。和暖的天气催生万物生长的同时，也容易滋生各种病菌。这时节他的诊所往往人满为患。我曾经注意过这些患病的器官：溃疡的舌苔，真菌感染的红眼，藏着息肉而喷嚏不止的鼻头，积脓的耳朵，青肿的乳房，瘙痒的呈现红癣的皮肤，骨折的臂膀，刺伤的脚趾……像个孤立的脱离在母体之外忧伤、无助的孤儿，让人同情。现在，夜晚的诊所寂静，我的朋友小周也不知去向，听诊器连同白色大褂在挂钩上轻轻晃动，几根蘸过紫药水的棉签、打过点滴的针头，躺在篓子里——那些病体的气味逐渐地脱离开它们，被浓烈的春夜的气息席卷而去。盒子里的药丸，药橱里的针剂、膏药，都隐没在乡间夜晚的静默中。腹泻、头疼、月经不调、谵妄、神经衰弱……疾病的表征在春天大面积显现。

被疾病终止的死亡，在春天显得醒目。那些扶送棺柩经过油菜花地的人群；那些被金黄油菜花映衬的白裳、黑纱；那些在金灿灿的花海间连绵起伏的哭声，显得楚楚动人。墓地在火电厂后面的山冈上，那是一座亡者的村庄——现在，被重新修葺过了，杂草已被挖除，露出了碎裂的肌肉一样鲜红的土壤，浓烈的黄酒的气息在墓碑前飘散不去，黄色的纸钱压在坟头的青砖下，猎猎有声。一些新增的墓冢，隆起的红土上插满了环形的白色花圈。死者的村庄和生者的村庄相望；山冈的青绿松柏和白色梨花，与山下婀娜的柳树及粉红的桃花相望。火电厂在马路边咆哮着，不断向天空排泄阵阵浓烟。就像一辆开进麦浪里的巨轮——火电厂对乡村的侵入，使村庄变得不再宁静。地下的死者有知，也会在春夜里醒来——他们被厂房的隆隆机声吵得彻夜不眠。

我每日在火电厂附近的所见，没有什么不同，但是依然饶有兴趣。春天的阳光和机器的轰鸣，使我有种莫名的兴奋，我的皮肤显得特别敏感和欢快，甚至像个能够歌唱的器官，按捺不住，跃跃欲试。有时，我会走到乡邮政所取我的信件，我对外界交往的渴望如此强烈，除了白天的闲逛和夜晚在台灯下的奋笔疾书，我找不到其他的事可做。春风鼓舞着我内心，我感觉神经被烧灼后的狂热。我的心随着白色信笺，飘荡到语言编织的异乡。哎，我整日的游手好闲不知什么时候才是尽头。火电厂烟囱高高耸立，就像一个威严的干部，拥有至高无上的权力。这个工厂，忙碌于生产，一刻也不停歇，工人分三班倒。似乎告诉人们，生产、速度、效益的真理。而我知道火电厂周围的慵懒，并不比我逊色多少。

充满铁锈味儿的雨

我对中学的记忆，似乎可以概括为一座年久失修的老房子：阴暗，潮湿，充满遗弃的意味。我这样说，不是对供职之所有任何不满和厌倦的意思，相反，我觉得这样的气氛符合我当时的心境——某种程度上，它是我理想的落脚处。设想，如果我是在一个堂皇和华而不实的地方，开始我的青春，我的未来会是一个什么样子？——我恐怕不会再对黑暗的事物和时光的秘密保有足够的兴趣。

坚硬的时间，坚硬的青春，诚如我在另一篇文章《时间对岸的小镇》中描写的“……打铁铺，幽暗的炉火喷溅出火星，铁青的利刃看起来不像是灼烫，而是冰冷”——我的冷漠、僵硬的表情，只有在充满铁锈味儿的雨落下来时，才得以修正。我的面容隔着雨幕看起来一定也是柔软的。雨消融了我对时间的敌视。于是，我被雨吸引过来，成为一个雨的观察者。我现在，从来没有像当初那样深入、出神地观察过下雨；现在的雨落在身上就像掉在身上的鸡毛一样让人厌烦和不适。当时的雨，透亮、硕大、沉重，简直就是砸落下来——在我看来，不是雨，而是一件件别的什么物什砸落下来。

正午的阳光照射宿舍前的红泥小路，一些光亮的碎物，反射出一片片耀眼的光斑，浓重的苦楝树的阴影投放在地上，蚊虫和蝴蝶穿行在光影之间，经过阳光的洗滤，地上的红尘像褪色的红布，显出惨淡的白色，当雨“噗噗”地落下时，它的颜色转瞬变得深红。

也许这些灰尘，就是天空的遗留物，是雨的凝结，从打铁铺上溅落的琐屑。雨落在雨里，在雨水的浸泡中，它变得黏稠，冰凉，而在阳光下，它又变得灼烫，轻飏。

夏日饱含着发烫尘埃的雨，沁入鼻孔的时候，变成了干燥的铁锈味儿。雨“噗噗”地落在松软、干燥、滚烫的红泥小道上，就像有力的手指按住我内心的琴键；这时，我仿佛听到隔壁间发出一句“啊——”的女声，在这声音的间隙，是长久的哑寂无声和空旷的压抑；在窗外的雨声中，我仰起头来，两行滚烫的液体自我的鼻孔流出来。

燥热的夏夜，我总是无端地流鼻血。那时的我，少年老成，耽于思虑。我总是在一些与现实生活毫不相干的问题上陷入过深。

仍然记得第一次到学校来报到的情景。是夏日一个炽热的上午，全镇中小学教师全部集合在中心小学的操场开会，我和几个新分来的年轻教师，一起推着自行车进入操场——我们几个，都衣装整洁、讲究，脸上是骄傲的带有梦想的神情；我们脸上的神情显示，似乎不是来这儿工作的，而是几个恰好路过的游玩者——好奇心使我们短暂停留，对乡间风物的神态大约也是居高临下的。而我骄矜的心，在第一刻里便受到严重打击——我们推车进去，这时，坐在操场上大约一百多个教师，齐刷刷地回过头来望着我们——这是一张张农民式的脸，包括神情、衣着和气质。是的，就是农民！此前，我对乡村教师毫无具体的印象，就是在我即将要成为他们当中一员的时候，我仍然毫无准备。我的想法大约还是浪漫的不切实际的。我十九岁，刚刚开始的青春，似乎突然地戛然而止了。生活本质上沉重的枷锁似乎一下子落在双肩。我的另一种生活开始了。

我用了很大的力气准备，仍然是懵懂地上了一辆驰向生活底处的列车。我设想过乡村生活的幻美：亘古的山河岁月，美丽的村姑，质朴的男子。但是，仅仅是短短的一瞥，我就看清了全部生活的真实，那就是，在时间和环境的双重合谋下，我这个视艺术为生命的人，渐渐地会成为一个真正的农夫。美感和幻想，瞬间便给摧垮了。

和我一起分到中学的，是一位姓郭的老师，起初我们是合住一间屋。他在学校担任过团干，是个积极的入世的人。在情感上也是如此。很快他就和他的女同学——一起分在本镇某村小的女老师贺，谈起了恋爱。贺老师家境不错，在师范读书的时候，一直对郭的追求不加睬置；但现在，还是敌不过乡村生活的孤独和枯燥，接受了郭老师。而我还在抗拒中被动地生活，夏日的雨“噼噼啪啪”地落下来，我闻着混合着尘埃的雨的气息，久久地坐在宿舍里，听到隔壁房间里传来的欢声笑语（郭老师很快就申请到了我隔壁的宿舍），觉得时间飘渺，久远。我记得，我们合住的时候，有一晚，他到山坡下的井里挑水，脚下的拖鞋湮没在红泥小路的粉尘里，他光着上身，锌皮铁桶在肩上晃晃荡荡，忽然，感觉到脚下一股滑溜挣扎的力量——凭直觉，他明白自己踩到什么了。丢下水桶，慌慌张张地跑回了宿舍。我们这个中学建在一个从田野中陡然隆起的荒坡上，以前是埋葬死人的地方，墓冢多蛇就多，有时夜晚，蛇还会游进宿舍学生的被窝。这些在乡野长大的孩子却不感到多么惊慌。我和郭老师从小长在县城，只要一想起宿舍的周围，蛇纷纷在月光下游弋，内心的惊惧就可想而知。

对于蛇的想象，就像噩梦一样在脑海中纠缠，而真正遇见过蛇，我倒没有经历过几次。传说中的蛇，大概也体恤我这个善良的喜好诗歌的人，它只是化作一种恐怖的想象，一个恐怖的名词，偶尔出现在我的诗文里。对我来说，那时对恐惧的体味是必要的，它使我感到隐忍沉静的山河之间，藏有邪和恶。

当我独处的时候（事实上我不合群，因此独处是我的常态），我并没有太多地感觉到，乡间生活对我的压抑——我在逐渐适应并且开始喜欢上这样的生活。诚然，我内心并不缺乏其他年轻人活泼、欢快的天性，对于喜乐和新异的事情，同样饶有兴趣。我记得，突然地，学校好几个老师，同时开始了恋爱——那些新分来的小学女教师，纷纷成了他们攻克的目标。一个泥丸小镇，相互之间无秘密可言，这些恋爱的男女们，很快就感情如胶似漆，情同兄弟姐妹，常常下午放学后，在中学操场跳一种“拉手舞”。学生们觉得新奇而羡慕，纷纷围在旁边看。难以想象，我当时竟然也兴致勃勃地加入这跳舞的队伍当中，在笨拙的扬手、踢腿的动作中，藏匿起羞赧和不适。舞曲，是用来英语教学的双卡录音机里放出来的，声音尖利而嘶哑，大家哄笑着，自我欣赏地沉醉在“美好生活”的想象当中。这时的我，大约忘记了拘谨、敏感的自我本性，仿佛悲怆的个体在集体的狂欢中沉陷不拔。跳舞毕，大家一哄而散，各自回到甜蜜的二人世界里。我就一个人回到宿舍，回到自我的“真实”中。拧亮台灯（这个词有美化的成分，我当时并没有台灯，只是拉亮了床头白炽灯的开关绳而已），随手从桌上拿起一本诗歌刊物翻看，或者在一个蓝色软皮本上写诗。

是的，我开始用写诗，来填补大量空闲时间带来的心灵空缺。我开始喜欢上写作。原先我喜欢画画，学过几年画，早年的志向就是成为一个职业画家。但是没能够。我的设想和现实之间，没有找到一条可以通达的桥梁。写作让我变得充实，在写作的时候，我感觉到窗外的雨声，像甜蜜的言词一阵阵抵达。我喜欢写乡村的雨水、河流、冬天的苦楝树、平原、夜晚……在写作之外的时间里，我又感到两手空空，孤独而空虚。

唯独我没有找女朋友。我似乎一直在抗拒恋爱。我要用漫长的孤独而寂寞的生活，来打磨心灵，某种程度上，我鄙视浮浅的男欢女爱——不想让内心，没有经历太多的沧桑和寂静的磨损，过早地躲入欢爱的小楼，而忽视它对寂寞、枯燥、思虑的感受力。因此，我在南方多雨的夏日，在炽热的正午或者闷热的午夜的雨声中，一遍遍地聆听这单调、久远的自然之声，在床上辗转难免。其他人大约不会像我这么专注于雨声，因为他们有自己的欢乐。而我唯独雨声陪伴。

对于我来说，上课教学，只是职业，我清楚自己内心的生活。我算不上一个非常敬业的教师，因为这始终需要强烈的身份认同和巨大的情感投入，我发现我没有。学生们都很喜欢我，喜欢听我讲课，因为我除了给他们讲课文以外，还朗读叶赛宁、庞德、海子的诗给他们听，我还把发表的诗文给他们看。我发现他们都很喜欢。他们脸上露出诧异而欣喜的表情，对我讲的东西都很在意。我也对他们发脾气，将粉笔头扔向捣蛋的孩子的头上。记得有一次，在学校的高坡上，是一个夜晚，我找一个恨铁不成钢的孩子谈话，他不断地顶嘴，我愤怒地推打了他一下。几年以后的另一个夜晚，我在乡间行走，突然一辆卡车停在我身边，里面探出一个小伙子的头来，非常热情地喊我“老师”。就是那个被我推了一下的学生。那晚，我一个人夜行，不知是去往哪里，四周漆黑（我已经开始习惯乡间的夜晚），我听到从卡车里传来的招呼，看到这个因为长大而显得有些陌生的学生，我的心柔软地蠕动了一下。然后又看到他开着卡车行远。那些孩子们，我赞赏过的，批评过的，现在全部消失在夜晚，我一张面容也回忆不起来。我能够想起来的只是孤零零的操场，被脚踢坏了的没有上漆的教室门，冬天蒙着塑料薄膜的窗户（教室里没有暖气，南方湿寒的冬天，学生们情不自禁地跺着脚，声音越来越响，把地上的尘土全都震动起来了，我们就在这满眼的黄色的尘雾中学习李白、杜甫、苏东坡，学习都德、海涅、契诃夫，学习鲁迅、雷锋、朱自清）。

当我上完课，迎着冬天冷峭的寒风，缩着脖子急急地往食堂赶。

路上遇见的同事们，也都是缩着脖子，嘴里吁着白雾，急急地慢跑。午餐的时间尚早，便蹲在食堂的大火炉旁烤火，里面早已座无虚席，男女同事们在火炉旁围成一圈，不知说到什么事，笑得前俯后仰。有一刘姓物理老师，矮个方脸，宽鼻厚唇，颇有些对自己智商和口才的自信，喜欢拿女性开一些玩笑；而此人认真严肃起来也是挺骇人的。刘老师正乐不可支地发表演说，我带着一身的寒气挤入进去，火炉上还架着大蒸笼，在缭绕的蒸汽中，米饭的清香扑鼻而来。我知道，不一会儿，孩子们便会从教室里冲出来（他们正在成长的身体时时被饥饿所追逐），拥到食堂窗前打饭。学生大部分住校，从家里带来的萝卜咸鱼之类的干菜要管上一个星期。我们听到他们在窗外幼兽一般地"嗷嗷"叫着，既是因为饥饿，也是因为寒冷。老师的伙食也好不到哪里去，食堂的周师傅用一个个小饭碗从大锅里盛菜，整齐地摆在案几上，由老师自取，一人一份。好像素菜为多，肉食罕见。我那时大概也常常被饥饿感咬噬着，便常买些饼干充饥。

因为单纯，我并不知晓外面的生活会是什么样子。对于人世我涉入不深，我肯定不希望在这个地方长久地待下去。这是所有老师的共同想法。内心里，我已经慢慢将自己定位成一个写作者。对于一个写作者来说，待在哪里并不重要，重要的是能够写作。虽然我内心当中隐隐感到我终究会离开这里，但目前来说，我依然能够心安理得地在这里待着。

有一位和我同姓的英语老师，他的父亲曾经在县中当过我美术老师。他经常到我房间里来坐，他是那种用圈内话来说的"教师油子"，也就是难以驯服、不专心工作的那种。这是个长相英俊的男人，三十五六岁，喜欢摄影，除了县中，他几乎将全县的乡村中学摸了个遍。他总是与校领导不合作，因此屁股没坐热，就被赶到另一个乡镇去了。对于他来说，进城是无望的，关于这一点，他比谁都更清楚。他和我聊摄影我不懂，但是我喜欢他谈达·芬奇、达利什么的，因为他自小生活在县城的文艺圈，我也喜欢听他谈县城文人之间的故事。他大约从小就是个调皮、不安分的人，同父亲的关系也不好，与现实的不合作似乎是他与生俱来的天性。他非常健谈，口若悬河，似乎没有他不知道的知识。现在想来他谈的东西大都是模棱两可并且空泛的，但是对于我依然有吸引力。他总是喜欢躺在我的床上，靠着被子向我“吹牛”，他的倾诉欲望总是能够在我这里得到满足。我则一边听一边拿钢笔给他画上一幅速写。有时，他也不说话，只是躺在那里——我知道他清秀的面容里面从来没有太高深的思想，他只是愤世嫉俗，他忽视他给别人带来的感受，而对别人给他的伤害耿耿于怀。我很满意为他勾勒的肖像：瘦削的脸庞，浓密的头发，瘦挺的鼻梁，嘴角讥讽的微笑，歪斜的似乎随时要从位置上弹跳起来的身子……大约是 1992 或者 1993 年间，他突然没有再来学校上课了，他去了南方，在沿海一个城市打工。此后我只是偶尔听过他的消息，再也没有见过他了。据说他离了婚，找了个比他小十多岁的湖南籍大学生。他变得很有钱，我毫不怀疑，因为他天性的聪颖、善变，使他能够在一个相对变动不居的环境中胜出一筹。

我依然在这个学校，几乎没有任何变化。依然不合群，喜欢在夜晚散步。如你所知，青春最初的稚气和骄矜已经磨钝了，身上的农民气渐渐显露出来：头发通常是枯涩而缭乱的，不修边幅，表面皱褶的皮鞋积满了尘污，身上带着类似陈腐的植物的气味，眼神多少有些呆滞而无神（因为我耽于思虑的性情，尤其具有被误读的成效）。我在乡村中学的宿舍楼里送走一个个夏天。听着窗外孩子们相似的欢声笑语，夏日相似的突至的骤雨，相似的秋风摇晃树叶。我的窗对着远村一座无名的山峰，它看起来很高，和另外的山峦重叠、交错在一起；远远地甚至可以看到一条微小的淡色的山径，山顶上有座寺庙，偶尔深夜里，我似乎能够看到顶上闪动的烛火。也许是幻觉。也许是星光吧。我的房间，一股贫寒的气息扑面而来，合叶锈蚀的木窗，暗黄的木质天花板（上面蒙着发黄的报纸），坑洼的水泥地面，一张旧木架子床，一张未上漆的旧木桌，一把旧椅，一个被诗集填满的简易书橱。就这些。似乎也足够了，再多也是奢侈的用不上的摆设。我的房间残留着时光锈暗、喑哑的气息，铁锈的气息。雨的气息。我在房间用力地吸闻着这贫寒的充满铁锈味儿的雨的气息，一动不动，似乎在椅子上睡着了。冬天可真冷，我莫名地喜欢上了冬天的冷，因为它使我的头脑总是清醒。光线不那么强烈了，空气变得干燥、冷硬，阳光是青色的，使事物不再显得丰盈、繁盛，而是干瘦，孤寂。是的，我喜欢孤寂。我喜欢瘦。我喜欢事物删繁就简，只剩下骨头。于是，一行行冷峭、干瘦的诗句，在稿纸上浮现。我趴在桌子上，感觉一整个冬天都没有出门，而是趴在桌上，趴在稿子上的诗句里，在冬季的时光里秘密地航行。在光线终结的傍晚，整个屋子暗下来，周围也变得安静，孩子们的声音也消失无踪，我的同事们，仿佛也都消失不见。多么沉重的静啊！然而又是多么甜美！我会想起我的同事李，英语老师，这时在我没有直观印象的广东（东莞或者中山）打工，没有他的笑声，我的房间变得多么寂静。我给他画的速写还躺在我的抽屉里——他曾经给我写过一封信，不是手写的，而是电脑打印的（当时给我的感觉是，他的工业的南方和我内陆乡村的手写体的南方，差别是多么显著啊），他依然不改他夸夸其谈的天性，他提到我的美术特长，说为我在那边谋好了职位，让我赶快过去，并说在外面这个正在发生巨变的世界，才能“活出人生的精彩”。是的，他是这么说的。然而，他的话我不信，他连电话号码和通讯地址都没有留下。他大约只是把我当作一个媒介，以便将他打印的信件在同事们之间传看，然后去证明他的“辉煌”。

我隐约感知到，一个即将被经济主宰的时代正在来临。我的同事们已经陷入不安和骚动中，其中好几个已经步英语老师后尘，到南方都市去了。我所在乡镇的年轻人，也几乎一个不剩地跑到南方打工去了（在更早些的时候就有人已经去了）。我越来越陷入写作带来的内心生活，精神世界已经发生了奇异的变化。我通过诗，重新找到把握生活、乡村的方式。在勃莱、弗罗斯特、荻金森等人的诗句中，找到乡村不变的稳固的东西。这种稳固和不变，就像是山顶上寺庙的烛火一样，在夜风中摇曳，但始终不灭。在我的身上，开始形成一种“山河岁月”的情怀。我因此能够继续在无休无止的雨声中写作诗歌。

我的身边还有一些奇异的人，就像诗句中反讽的修辞，他们的“存在”，使生活的规整性遭到破坏。郭老师隔壁住着一位姓贺的老师，早年就读于一所著名的大学，因为我们不知晓的原因精神失常了，同样我们不知道的原因而来到学校做了一位老师。贺老师无法上课，却能够在体制内拿着一份工资，似乎也是不可思议的。这个学生们看起来唯恐避之不及的老师，走起路来摇摇晃晃的，脑袋斜歪着，眼神和唇形被他体内恐怖的错乱的力量给扭曲了，这张脸看起来并没有攻击性，甚至是温和的，然而仍然让人觉得恐怖。他如果出现在宿舍以外的地方，一般是手中提着水瓶、端着饭盒——在一种非人的力量控制下，他居然还能简单地料理自己的生活！他会准时去厨房翻开表明他要用膳的牌子，看起来就好像是故意和大家开玩笑，搞恶作剧似的。他的病症时重时轻，当他歇斯底里无法控制时，他在医院工作的母亲，就会带他到吉安市青原山的一座精神病院治疗。这位母亲，已经被儿子的病魔折腾得脸上没有丝毫柔和的神色，紧绷着脸，从来不发一言。这个在我们身边生活了好几年的老师，我们对他的其他情况一无所知。我们经过他的窗前，在被纸糊起来的窗户的破损处，看到他坐在椅子上抽烟，地上堆满了躺在一片汪洋的水洼中的烟头。他甚至有时经过正在聊天的老师当中时，突然开口说出一句“玩笑话”来，让人震惊不已。他残存的意识，似乎在提醒人们他的“存在”，然而这提醒只是加剧了人们对他的惊异。

我生活在一个通常被人们喜欢用“春蚕”“蜡炬”形容的人中间，而这份误读在我看来，并不比贺老师眼中奇特的世界更加逊色。我看到和我一同分来的活泼、意气风发的年轻人，一个个老去，那些妙龄女孩，身上开始慢慢堆积乡村妇女的颜色。她们全都变得浮浅而无知，求知的需求已经不知被什么更重要的东西所代替。她们深陷在自己的世俗生活里，不再有精神上虚幻的、美好的想法。她们大约已经不再相信梦了。而开始踏实地计划着自己的人生：生一个孩子（如果不是政策限制的话，可能想生得更多），储存一些钱财以便将来购置一处属于小家庭的房子（按照当时的收入来看，这无疑也是一个梦幻），同时从中支出一部分购置劣质的化妆品、打折的衣服，关心猪肉的价格，也同时关心别人的隐私，如果可能，贿赂教育部门的官员，为调动进城做好铺垫……我在她们眼中愈益变为离经叛道、不可理喻之人。她们不相信诗歌真的能够给我带来别样的生活。她们拿我和她们的丈夫比较，深为他们在学校开始担任了微小的头衔而感到欣慰。

他们的丈夫，大量的时间聚在一起打麻将赌钱，有时也在附近的村民家里打。任何一点虚幻的属于精神层面的东西，都在他们的生活里给剔除了。他们的谈话变得非常粗鄙，而他们沉陷在这庸俗的欢乐中毫无自知。他们一个个将自己变成了油嘴滑舌的物理老师。曾经，有一次，一支送嫁队伍经过学校边上的村道，欢乐的锣鼓声将老师们吸引到了路旁驻足观看。几个年轻老师拦住新娘子，要求她唱了好几首歌，才将队伍放行。我知道这是一种乡俗，村民有时会要求新娘子这样做。但是这些老师的行为却让我感到深恶痛绝。

我愈益远离了他们，在自己的宿舍里，孤独地待着。看着光线在我的窗户上变幻，尘埃在阳光中轻飏，像孤独飞翔的虫类在透明的光线中寂寞地起舞。我甚至有些怀念英语老师，我的房间因为没有他的光临，而缺少了笑声。

我专注地看着这些透明、金黄的尘埃在时光中起舞，在长久的观望中，它们甚至变得炫目、熠熠生辉，美好，温情，几近于幻觉。然而，转瞬之间，天空转暗，一场乡间的大雨不期而至。连绵的雨声像是儿童的喉咙放声歌唱，在这洁净的雨幕中，所有的事物闭紧了嘴巴。大雨如注，激荡起地上的尘埃。这是赣西偏远的一个无名乡间，雨下在大地上，也下在一个人的头上。他在雨声中习惯性地仰起头来，他看到眼前一片苍茫的红色。他说他感到幸福。

致夜间公路的无名者

夜鸟在山林掠过翅膀，带来微响的如车辐转动的影子。南方丘陵地的乡间公路，漆黑的暗影连绵起伏，仿佛深不可测的干枯的海底——只有深蓝的夜空上遥远的月亮，鳕鱼一样缓慢地移动。这是真正的夜晚。树林、山涧、小路、原野……都吮吸着夜的甘露，变得凝重和肃穆。这广阔无边的寂静，使万物具有灵魂，它们屏息静气，应和着宇宙的秩序，呈现出一种无以言说的和谐。我时刻感觉到自己的心灵和自然的感应，不由自主地发出古人一样的不知身在何处的喟叹！这是青春时乡间夜晚给我的启示。在以后混迹城市度过的一个个夜晚，似乎离“夜晚”本身，极其遥远。

我必须向你描述那些乡间之夜的情境——那时，我每周有一两个夜晚，骑着自行车在乡村中学和县城的家中往返。这是赣西山区，县城狭小、古旧而寂寥，镶嵌在逶迤的群山之间，不为外界所知。即便是这样的县城，它也有它应有的生气、喧闹和忙碌。有一种闹腾腾的、夜郎自大的气息——我熟悉这样的气息，现在，暮色已经笼罩了它，我骑车穿越县城广场，往乡间而去，我骑得不快，但依然很快将县城的市声、灯火，甩在了身后；我的车越往山林的深处骑，凉意越深地沁入了肌肤。这条公路，白天看的话，有着不平坦的坑洼，爆裂的沥青露出下面的卵石，车辙、浮土，清晰无疑；它绕着山形，依附于起伏不平的山势，蜿蜒辗转，时隐时现。现在，它隐没在黯黑中，只看得到淡淡的灰漠的影子——我的自行车摸索着这条影子循序渐进，因为我非常熟悉这条路，我的车子几乎是自动的、毫无觉悟地前行。夜的影子：阵阵凉风吹过的杉树林，在稻田里沉默致意的草垛，夜鸟的翅膀，突然在路边茅草中弄出响声的野兽的背影，冬天干瘦的树梢，路边的休息亭，远山模糊的轮廓，以及突然在眼前出现的过路人——他（或她）与我迎面交臂，只在眼前时，才突然感觉到，又突然消失在我身后了……

这条路多么漫长——它足够我动用所有的记忆，把我的过去回忆一遍。那些往昔交织出现的画面，不断地在夜幕中闪现，就像黑白默片一样，一遍又一遍，随着我自行车轮的转动——仿佛它是一部放映机，把我的前生呈现在眼前的黑屏上。两种空间让我陷入很深，不能自拔。我想起小的时候，住在一个远房亲戚家里，也是晚上，表哥带我走几公里的山路，去另外一个村庄看露天电影。他走得很快，我几乎追不上他——他大约怕去晚了，赶不上放映的时间，我跌跌撞撞地跟在他后面，一路小跑，脚下的田埂几次绊得我跌跤，我又爬起来，四周一片黯黑，我内心充满恐惧，急急地喊他的名字，可是他听而不闻，仍然大步地往前奔去。现在，我已经不记得看过的那些电影，只记得那在田野里一路小跑的夜晚。还有一次，我和母亲去山林采摘油茶果——我们家的油茶林分在很远的一个乡间。母亲拉着板车，车里放着几个箩筐，她把板车搁在山脚下，挑着箩筐上山，我和她一棵油茶树一棵油茶树摘过去，满了箩筐，母亲就挑到山下，倒进板车里，然后回到山上继续摘，直到将我家油茶林全部摘完了，板车也装满了，母亲拖着板车往回走，我在后面推着——夜已经很深了，我们在山道上，艰难地前行，肚中饥肠辘辘。我还记起另一个夜晚，我大概六七岁，有一次玩射箭，不小心，将头上绑了铁钉的筷子射进了一个更小的女孩的脑袋。我惊慌失措，跑到很远的地方去，在深夜里恐惧地徘徊，不敢回家去……这些平常掩埋在记忆腐叶下的往事，一件件，在夜晚弹出来，像一盏盏亮起的灯一样，照着我，使我难以回避。

只有那突然迎面相逢的路人，蓦地——将我从往事中惊醒。

一路上并不经常遇见，但总会有，像是有谁特意安排似的——轻轻对我说声“嗨”，或者轻轻拍下我的肩膀——当我回头，只看见一个暗黑的模糊的身影，同样地蓦地不见。这夜间公路的无名者，我从来没能看清他们的脸、衣装；我只感觉到一阵风，他（她）同样骑着车“嗖”地从我身边越过了，只看得见自行车架幽微的反光——像夜鸟的翅膀，迅疾地掠过，只在一眨眼工夫，就像根本没有遇见一样。我想我大约很想停下来，和这陌生人聊几句，但没有一次成功。我想随便和他（她）说说话，问问他（她）夜行的感受。白天，我会看见很多人，从来没有想上前和他说话的愿望。但是，我想和这夜行人，坐下来，抽根烟，聊几句，这样我会感到很安慰。每次，我来不及叫，他（她）就从我身边“嗖”地蹿过去了，就像我是一个没有安全感的人一样。我不明白他（她）为什么要这样想。他（她）不能理解我遇见他（她）时的惊喜，就像是老友重逢，内心充满激动和温暖。

有时，在去往学校的途中，会遇到一两个过路人，有时一个也遇不到。我曾经读过一本小说，一个梦游者，从妻子的身边离开，他来到电影院看电影，他不是坐着，而是站着看。这是一个郊区的电影院，旁边有一个中专学校，那是20世纪80年代。他喜欢看电影，无论是否处于梦游状态。他站在溽热的电影院里，闻得到周围农民、学生身上的汗味，外面，夏夜的凉风吹拂连绵起伏的庄稼。他在去电影院的途中，看到人群中一个身影；现在，他一边举头望着银幕，一边烦躁地有所等待。那是一个遥远的夏夜，仿如我现在经历的夜晚。他感到颈部灼烫——有一双眸子在后面烧灼他。他回过头去，看到那个影子闪出了电影院，他追了出去，经过郊区广场，经过一些低矮的房子，来到了庄稼地。月光下，这是一个丰腴的农村姑娘，她跑出一段路然后停住，用烧灼的目光凝望他；等他追上前去，她又消失在树影里。他一路追上去，感觉嗓子特别干渴，心“扑通扑通”地跳。他曾经在供销社，见过这个人，把钱币递过去，从她手里接过肥皂。他曾经记起，有一次，他来到舞厅，幽暗的舞池内，光影闪烁。他坐在角落里，看到一胖一瘦两个姑娘在人群中跳拉手舞。一曲终了，当姑娘走回座位时，他请那个胖姑娘跳了一曲——他的脑海总浮现出妻子正坐在客厅里看电视的情景，是的，他感到如梦如幻，他看到姑娘白皙的脸颊上微微冒出的汗水，闻到她发髻的馨香，在身体靠近时，对方乳房轻微的令人眩晕的碰触。月光下，那个身影，消失又出现，他始终没有追上——甚至，没能看清对方的脸，只感觉到一双灼人的眼睛，最后影子完全在树影里消失了。他回到了妻子身边。

他回到了妻子身边。这个情节还在我的脑海纠缠萦绕。我已经不知道现在是深夜几点了，我荒谬地在乡间公路骑行，就像没有尽头的苦役。夜露纷纷落上了衣襟。四周的寂静浓烈而深长，我只看得见一些高低、浓淡不一的影子交叠纵横，淡淡的月亮在上空移行——她端庄的举止，仿佛要让人昏睡过去；这是唯一的眸子，用亿万光年深情注视——它的下面堆积了太浓烈凝重的黑色的眼泪，层层堆叠，经年不散。今夕何夕，我看到，夜间公路的无名者，我看到缓慢滚动的车轮，伴随着夜鸟掠过的翅膀；看到寂寥……

时间对岸的小镇

打铁铺，幽暗的炉火喷溅出火星，铁青的利刃看起来不像是灼烫，而是冰冷；我的靠南的窗户与打铁铺之间，隔着波浪起伏、绿得透亮的秧禾。必然有喷着火星子的颗粒，烧灼本来就燥热的空气。铺子外面挂着刀镰、犁铧、钩子、锄头，平底的大锅和长条的锅铲……打铁铺是镇里最坚硬的部分。它使身边倒伏、摇曳的庄稼，预先感受到了收割的寒意。那时，我多大？十九岁？抑或二十岁？我在靠窗的书桌上写出了最早的一批诗歌——在这些分行排列的文字里，可以找到这样一些关键词：青春、乡村、忧郁、时光、黑暗……这些词，后来一再地出现在我的诗文里，不断地拓展和延伸它们意义的边界。从个人的视域来说，我身处的中学是全镇的中心，经由此，我的足迹到达了镇的各个角落。在很多个夜晚，这里像个空巢，因为只有我一个人栖居在这个半圆形的山头上。青春有大半的时间与黑暗相伴，不知道是我的幸事还是不幸。如果要在镇里找到一盏最高处的灯火，必然是我的窗户里的这盏。山头不过二十米高，我的房间在教职工宿舍的三楼，但已经足以使我获得一种俯瞰全镇的感觉。

当一个人的目光，经常要越过低处的房舍、树木，而抬高到半空以至头顶上的夜空时，他必将常常与虚无相遇。我记得我那时已经开始阅读萨特的《存在与虚无》。这本存在主义巨著，当时对我来说，还很费解，但正适合在那个年纪，用来填充活跃的大脑对晦涩、艰深事物的舔读兴趣。青春正因为无知，所以得以思考复杂的人生问题。我同时阅读的书还有卡夫卡的《城堡》和加谬的《局外人》——这些无一不是存在主义的作品——正是这些书籍和乡村生活，培养了我延续至今的存在主义精神取向。生活对我来说，仅仅是个充斥着道具和背景的舞台，我时时感受到一种“荒谬感”，虽然在当时我并不能深知它的含义。

经常地，我会沿着溪流和稻田之间的小路，一个人走到镇的某处去。仅仅是在走，并不是散步，也不是为了一个约会或其他目的。大概有三四年的时间吧，我的足迹遍及了全镇的每寸土地——当我现在仔细回想的时候，又不免怀疑。我很庆幸，有那么几年时光，我几乎是一个人过，没有恋人，也没有一个朋友，经常陷入阅读过的文章的章节里，而身边的事物仅仅是一些模糊的影子，我一边行走，一边在回味——因为过于熟悉，所以双脚几乎像长了眼睛似的，知道绕开路上的一块石头、一个深坑，越过前面的小溪；我的目光像两把钳子，深深地钳住了内心的词语。路上，迎面相逢的面庞一闪而过，我却像视而不见一样。在这样漫不经心的行走中，我还是熟悉了镇里的各处事物。

镇政府像一个双手叉腰的人，挺立在国道旁，红旗在院子中央的花坛上迎风飘扬。暮色时分，它也像敛翅的夜鸟安静地待在旗杆上，而我注意到，镇政府大楼（其实也就是三层砖混建筑物）的走廊灯火通明，一辆吉普车（或者是黑色的普通桑塔纳），停放在露天车库里，走廊也没有一个人，因为此，它诱使我进一步深入到它的内部。我穿过灯火通明的走廊，来到尽头的楼梯口——我略微观察了一下，旁边的办公室分别挂着“民政”“人民武装”和“计划生育”等字样的牌子——我抬起腿，像个梦游的人一样，准备走到二楼去——突然不知从哪片黑暗处闪出了一个穿着绿军裤、扎着宽皮带的人，这个略微有些秃顶的四十多岁的微胖男人低沉而有力地喝了一声：“找谁？”我无法掩饰当时的慌乱和窘迫，张大嘴巴，却无法说出一个字来，就像一个久在梦中的人，突然遭到棒喝而惊醒一样。这个人像是看出我的窘相，也认定我不是一个前来滋事的人，脸色忽然和缓下来，并没有进一步盘问我，而是转身走了，消失在刚才的黑暗里。而我还受辖于前面的惊恐，双脚立在原处，并没有马上逃离出去。我不知道是不是因为阅读了卡夫卡的《城堡》，在心理上遭到某种暗示，以至于某夜在镇政府的廊道里，分不清现实和梦魇。

邮政所在镇政府对面，中间隔着马路。一对中年夫妻，在隔着铁栏杆的柜台后面，像是一对遭到贬斥的人一样，整天郁郁寡欢。我后来曾经在县城的某个邮政代办点又见到他们，大约已经从乡镇调回县城了。邮政所像个发烫的词，镶嵌在我乡居的生活里。它是我内心世界的延伸，当时对我来说，身边的世界是不真实的，而通过邮政所邮寄出去并刊登在一些报纸杂志上的文字，才是内心真实的写照。1992—1994年间，我写作并发表了一些诗歌。在我所谓“真实”的生活中，由这些构成：稿纸、邮票、胶水、笔、墨水瓶、从邮差手中接过的印着《××》诗刊字样的信件，或许应该再加上梦——而我的一日三餐、工作和所有其他时间，不过是生成梦的材料。在葵花的世界里，它的颈项朝着唯一的太阳，而邮政所就是我的光源。或者说是梦的秘密出口。1992—1994年间，我是个狂热的信件爱好者，每天收到一堆和寄出一堆信件，至今几个要好的友人，他们还保留着不少我那时写给他们的信。

学校后面有一座不知名的山，相距学校大约四五里。有一次，我走到那里，经过一个叫作“岭水”的小村然后开始爬山。也许，这是全镇唯一一座山，围绕在山腰上的，是一圈圈梯田，梨树、橡树（我们这里称柞木）以及枫杨树。小道两边长着茂盛的蕨类植物和猫耳刺，红泥小路上，有一道道雨水冲刷而成的小沟。半山腰是绿油油的山茶林，沉甸甸的油果，已经露出了隐约的红色。山顶比较平坦——我意外地发现了一座寺庙。寺庙的墙是白色的，屋檐是木质日深月久的黑色，殿堂里有佛像、黄色的经幡、凹陷的蒲团。住持邀请我打卦，而我当时深感困窘，竟找不到合适的词，形容彼时的心情。一切看起来那么虚幻。这时，天大约接近了黄昏，我惦记着要赶紧下山去，仿佛听到鹧鸪在山林里响亮的啼唤，寂静的山林使我的内心更加急迫，我当时，多么渴望赶紧回到黑暗中的书桌前。

……

镇。时间敲打着青春的肌肤，幽暗的火星从身体滑落。窗台上，阳光和月光交替在上面刻写昼夜，时间像夏天过剩的绿汁，我感觉到自己像一只秋蝉在树缝间痉挛、哀嚎。时间——1992—1994年间，幻化为一层虚无的壳，一只空薄的蝉蜕，忘却了肉体努力生长、挣扎的疼痛。

或许应该称作是欢愉的时间小镇，从躯体中伸出一枚“沉寂”“秘密”的时针，在自我假设的生活中，指向内心无限旷远、湿滑的深渊。

吹　拂

十多年以后，我仍然难以相信，那个白色身影，仿佛一片让人胸口隐隐作痛的月光，又照进了我的心房。现在我已经在一个乡村中学安静地度过了好几年。有一天，我们学校调来了一个陈姓女老师。应该是夏天吧，暑期过后，开学伊始，我们被校长召集在会议室开会。可能我的顽劣之心未完全泯灭，我依然在回味一个平凡但惬意的假期，这时，她拖拽一身白裙，缓步走进会议室，那一瞬间，我发现许多低沉昏睡的脑袋，像同时被春风唤醒，在一个个灰暗、干枯的枝头开出花来。校长喜吟吟地介绍说，是新来的化学老师陈小姐。我注意到，年纪四十五上下的校长说出“小姐”这个词时，与他平时的习惯用语迥然相异。显得文雅和充满书卷气。

我姑且也这样称呼她吧——陈小姐，当时给我的印象感人至深：黑亮的齐耳短发，白皙饱满的面庞，一双黑白分明的大眼睛，高挺小巧的鼻子，湿润鲜红的嘴唇，曲线毕现的玲珑身材。我当时脑袋“嗡”了一下，呼吸有些困难。如同往常一样，我似乎可以忽略异性的美。我装作毫不在意，冷漠而倨傲。在此后，大约有整整三个月，我没有和陈小姐说过一句话。路上遇见，似乎也不见打招呼，而是用目光轻轻碰触，似乎短暂地有过一丝颔首致意的成分，在外人看来，毋宁说是羞涩和窘迫。此后在与陈小姐共事的两年时间里，我们之间依然没有说过话。这在别人看来简直不可思议，但事实就是如此。

当年我在赣中小城吉安读书，是一个有着近百年校龄的老师范学校。学校门口，是宽阔的有着平展的、细细沙滩的赣江，中间有个沙洲，里面草木葱茏，暮鼓晨钟响彻晨昏，一座大桥横跨江上，白鹭在桥洞里翻飞，不远的郊外，是连绵的青山，山名青原山，里面有个寺叫“净居”，据说很有历史渊源。那个小城散发着一种古老、宁静和神秘的气息。现在回忆起来，仍觉得如诗如画，让人颇为感伤。小城也叫“庐”，出过许多文人。

这样一个节奏缓慢，潮湿晦暗，色彩发黄的小城，它的故事似乎总和春天有关。记得一次，我们班组织到青原山春游，我忘记了是骑自行车还是坐中巴车去的。一整个上午，我在山上漫不经心，显得无所事事，散漫而不合群。山上的杜鹃花正好开放，我们班女生，大约有二十来个吧，每人手里采了一大捧。娇艳欲滴的红粉映照在这些十七八岁的女孩汗津津的白嫩娇羞的脸上。这些花，有的是卖力的男生采摘馈赠给她们的。我则袖手旁观，远远地跟在后面。我大约是在这个春日下午，开始注意你了。你有一头披肩长发，眼睛黑而大，神情含蓄而忧伤，笑起来声音极富磁性。当时，你的脚被一块凸出的石块给崴了一下，鞋子掉落了。让我自己感到意外的是，我竟走上前去，帮作出疼痛状的你小心地穿好。多年以后，在另外一个荒僻的山间，这个细节竟然惊人地复制了一次。一位女士站在山涧溪流前照相时，在密布青苔的圆石上滑倒了，扭伤了小脚，脚脖子发面一样地肿了起来。我竟在回去车经过一个镇上时，到一个杂货店里买了一双宽松的布鞋给她穿上。

在青原山，我帮你穿好鞋子以后，就走开了。而别的男生适时地上来搀扶你。那天，我们还到寺庙里参观。我是平生第一次见过这么大的寺庙，里面黄色、飞舞的经幡，和青色衣衫的俊秀寺僧，给我留下了至深的印象。如今我的一本书里，还夹着一张合影照：手捧鲜花的女生，和人数相当的男生，站在寺庙门口。你的微笑神情，似乎让人忘记了此前你的痛苦。

此后，一袭白裙的你，经常在我视线出现。你的浑身上下，散发着浓郁的艺术气息和浪漫气质。在你赏心悦目的美貌面前，我刻意装作的漫不经心，似乎别有用心。我唯恐没有让你感到我的不在意。我常常在镜子前停留，身上保持着干爽的香皂的清香，就像一个干净、含蓄、得体的绅士，与你每次的接触似乎都是巧合，而不是刻意经营。你的忧郁美丽，和这个古老潮湿的小城相得益彰。

不知从什么时候开始，我们喜欢互赠明信片。元旦、春节、生日，我们都给对方写贺卡。每一次书写明信片，都让我颇费思量。我文笔不错，这是公认的，因此给你写明信片于我是件愉悦的事。虽然每次同样花去不少时间。有时我会写些莫名其妙的句子给你，有的是自己冥思苦想出来的，有的则采自某本诗集。在明信片中，你会向我描述在乡下亲戚家的见闻，以及你对我美丽的愿景。我们纸上的语言，显得热情而饱满，介乎于情话和祝辞之间。虽然在实际的交往中，却理智和克制许多。毕业以后，在文工团工作的你，还给我寄过明信片。有一次，你在上面写的是“纸短情长，一笔难尽！”你们文工团，有不少相貌英俊服装时尚的青年男子，我记得，那次，来到你家里，你坐在我身边，将我毕业前夕赠送给你的油画习作照片，给他们看。你的言语里面，饱含着对我的激赏。我竟难为情地笑了。那天晚上，似乎很早就睡觉了。你的父亲腾出自己的卧室供我使用，而他则挤在了别的房间。那晚，我们是看完一个演出回来，你家在县文工团里面，是那种简易的平房，里面却异常整洁，到处散发着力士香皂的气味，和浓郁的花卉植物的气息。你父亲是个美术工作者，母亲是县中的音乐老师（在我们读书期间，她不幸去世了）。那晚，睡在床上，我却久久未能平静，也许整晚我都没有睡着，我的目光穿透黑暗的顶棚，而看到了天上的星星。

我越是沉浸在这份幸福当中，越是感到你的遥不可及。读书期间，你也曾来过我家，我记得我母亲非常喜欢你。你们坐在一起，在一个簸箕里挑拣烂豆，愉快地交谈。在学校，你主攻音乐，而我擅长绘画。经常可以看到你在池塘边的柳树下拉手风琴，在我看来，你练琴的姿势是如此优美，我总是远远地将你注视，充满深情，沉默不语。有时我们也会在中饭后坐在教室门口聊天。那时，成长当中的我们总是充满饥饿感，下课铃声一响，便纷纷冲出教室，潮水般的人群从每间教室涌出来，汇聚到食堂。打好饭，我们却不在食堂吃，而是端回教室，或者在走廊上吃。多少个午后，吃完饭（其他同学都去寝室休息去了），我们却还在走廊说话。我虽内心骄傲而满怀深情，其实大约也是拙于言词的。我很少使用华丽和甜蜜的词语，而是略显克制和僵硬，好像非常警惕自己有任何一丝浮浪的嫌疑。我显得如此呆板、“正派”，而你依然愿意和我交谈，大约你是欣赏所谓的才子。读书时，我被师生一致地认可为才子，绘画、书法、诗歌，样样拿手。受你父亲影响，你的毛笔字也写得俊雅清秀，你常临摹欧阳询的《九成宫醴泉铭》，那种方端俊秀的正楷。

有几次，你还来到我寝室——我的寝室，隔断在画室里。我和六位男生住在一起。你坐在对面的床铺上，夏天，很热，电风扇在画室顶棚“哐当哐当”地旋转着，在你汗水微浸的脸上划出一道道暗影，风中有夹竹桃和栀子花的香气，还有越过赣江上面的风，送来的远方隐约的市声。这个古老的小城，每到夜晚，总是怀抱在郁郁葱葱的植物的阴影里，显得静谧和空旷。我也坐在床上，手指随意翻动着一本画册，偶尔又站起来，显得心事重重。你的神情含蓄而迷人，眼睛里充满微笑，红润的嘴唇里含着精致白亮的牙齿，偶尔宛然一笑，显得欲言又止。我似乎在笨拙地形容你的美，并且想让你做我的模特，画一幅油画。你用静默的表情表示赞许。遗憾的是，迟至毕业，我还没有付诸具体的行动中。我似乎更愿意在想象中，沉湎和回味你的美，在深深的陶醉中不能自拔。

刘小枫在他的哲学随笔《沉重的肉身》中写到，大约三千年前，赫拉克勒斯离婚后过着独居生活。一个夏天在树下读荷马的《奥德修斯》，见到两个女人朝自己走来，隐隐感到这两个女人将是自己面对的两条不同的生命道路，一条通往美好，一条通往邪恶——尽管两条路的名称都叫幸福。两个女人分别叫作卡吉娅和阿雷特，她们的光艳亮丽代表两种不同的品质，一个是享乐的纵欲的，一个是心灵的智慧的。在古希腊神话里分别代表着“邪恶、淫荡”“美德、美好”。

我之所以举这个例子，是因为和陈小姐有关。毕业以后，我虽还继续和你联系，写信，和寄明信片，以致造访你家，但是一种不可挽回的气息，在提示我们的交臂错过。你去了福建，认识并且爱上了一个人，后随他去了北方。我还在抽丝剥茧的成长痛楚中，陷入于青春的黑暗，对自己的感情尚无法甄别和判断。当我真正成熟，大约还在几年以后。我就这样，在这所乡村中学待了多年。陈小姐的到来，唤起了我内心的痛苦，她像你的替身，来到了我的身边，提示着我一日也不曾将你忘却。

如果说，在我心里，你是忧伤、质朴的阿雷特，陈小姐就是天生的卡吉娅。她因为作风不好，被迫离开另外一所中学，来到这里。一直让我费解的是，天生丽质的陈小姐，看起来是娴雅和书卷气的，但她身体里的欲望之树，开出的却是完全不同的花朵。经常有个肤色黝黑的中年男子，骑摩托车到我们学校来，在陈小姐房间过夜。她就像对性欲充满饥渴的机器，在快速运转肉体的齿轮，加倍地挥霍和磨损它，以获得（不乏痛楚的）快感。我的宿舍和陈小姐相邻，使我受到不少因为不美好的声音带来的折磨。有一次，一个很深的冬夜，我的隔壁突然闹出很大的动静，出于惊异，我披衣出来。看到走廊里，一个女性赤裸的背影夺门而出，一位年纪稍长的妇女，手中挥动着一把剪子，在后面穷追不舍。陈小姐和她丈夫通奸已久，现在终于被她在床上抓了个现形。

第二天，我们看到宿舍门口，陈小姐房间的衣物被褥，被付之一炬，湮没在一堆黑色的灰烬中。

这件事，给我内心带来的震荡，不亚于我第一次收到你赠送的明信片。它们，代表着两种女性，在吹拂我的内心，我的成长。多年以后，我依然难以忘记和你的相遇，它和一个灰暗、古老的小城有关。这个小城总是笼罩在蒙蒙烟雨之中。雨后的柳树碧绿洁净，在湖面和江上留下倒影，行人们在烟雨中告别，对新的生活寄予希望，一切看起来是黏滞的，潮湿的，柔软的，就像一缕春日残阳，正“刺破梦境”（王寅语）。

春天与诗篇

晚　春

南昌的晚春有一种惊人的美丽，老式建筑上的植物攀过栏杆，将婀娜的枝叶伸向路面，一种不知名的白花，大朵大朵地堆放在窗台（好像许多年轻姑娘的脸挤在一起）；如果你在室内，外面的声音经过江面而来，清晰可闻，遥远而空旷；馥郁的花香，一层层地波及了你的嗅觉，这香气里还有郊外的雨水和时间的气味。

这个时节，我就感觉自己好像一个旅人，暂留此地。赣江边，阳明路一带，新鲜而陌生，满目葱茏，让人欣喜。姑娘们衣装亮丽，与此前厚厚的灰色的冬装形成了鲜明的对比；又不像夏装，暴露而简短，而是隐而不露，妩媚而含蓄。香樟树下的行人，以及骑单车的人，站在窗前眺望的人，在报亭阅读的人，都显得心平气和，目光纯净。街心花圃和路边公园的植物，像妙龄女子一样，娉娉婷婷，光彩夺目。我从来没有像现在一样感觉到，绿色也是一种非常典雅精致的颜色。我目睹着这一切，发自内心地感慨。

几年以前，也是这样一个时节，W 来到我办公室。她供职在一个新闻单位，因为网站需要一些散文，经人介绍，她找到我。她站立在门口，用手指敲着已经打开的门，我抬起头来，看见一位留着披肩发、穿着一身淡灰色时装的年轻姑娘，正将漆黑的眸子注视我。就像目睹着一支白色的花蕾在灰暗的走道里，骄傲地、同时温文尔雅地开放。她当时给我留下的印象如此清晰难忘，就像我对晚春敏感的体味一样。

我们愉快地交谈；她带走了我一些文章（后来在网站上刊登出来了）。此后，我们断断续续地联系过几次，有时是在街上行走，有时是在一个铺着绿色台布的咖啡馆里。我们之间说过的话，现在已经回忆不起来，我们之间的联系淡泊而从容，虽然我们都有着细腻的内心和超人的感知力。我们说话的时候，异常的清醒和文雅，那种哀婉的惆怅的情绪从未在脸上显现过。那样一种非常具有现实感的过去，回忆起来，竟然也如梦幻一样游移和飘浮不定。

她后来去了美国。此后我们通过电邮联系过几回，也是言词简约和淡定。

幼儿园

我没有上过幼儿园。在我的女儿到了上幼儿园的年纪时，我才真正开始体验这段时光。这种体验，让人有时光倒流之感。当然，我的体会和女儿之间，肯定是不一样的。虽然这不排除，我们对幼儿园老师一致谨慎的信任和略显害怕的心情。

说我对幼儿园老师有一点点害怕，你也许不相信。“一个三十好几的人，会对一个二十多岁的姑娘害怕？”你摇摇头，呵呵地笑了。而我要说，这种心理，和年龄无关。幼儿园，是我学习的盲区。素来如此，我对没有经历过的事情，或者没有经验的事物，总会怀着一些莫名的紧张。

女儿上的是省直机关幼儿园，在一个绿树成荫的政府大院里。因为幼儿园的存在，以及大片的树木，似乎调和了政府机关本应有的严肃气氛。每次送女儿上学，途径政府北门的时候，我都会下意识地往门口站岗的士兵多看两眼（我想我的眼神里面一定也有一丝紧张）。我有时会揣摩人的表情，比如这站岗的士兵——当他在乡下成长的时候，是不是也是这样石刻砖镂般呆板、严肃？是什么东西在背后控制他，使他脸上的肌肉紧缩、目光严厉呢？我这样想，可能一点意思也没有，好在我胡思乱想之后，幼儿园不觉中到了。

我想，城市中所有的幼儿园几乎有着相似的铁门，滑梯，绘着动物图案的墙壁，装饰着手工的走道、楼梯。来送孩子的家长中，不少是白发鬓鬓的老人，也有不少孩子的母亲，对于后者，我总会情不自禁地多看两眼。女人在三十出头以后，大概迎来了另一个青春期，就像五月的广玉兰花，饱满而艳丽，比之二月份的春花，显得更为成熟和富有宁静之美。这个年纪的女人，往往更懂得打扮自己，并且生活的积累也使她们具备这个条件。一般来说，也能从她们身上找到一些共通的特征：波浪翻飞的浪漫的发型，色彩明艳价格不菲的衣服，精致的首饰，浓郁的香水味，以及走路时略显匆匆的步幅。在对美的体味当中，我想谁都可以原谅心中发出的惊叹。

每次我送女儿进到幼儿园以后，不是匆忙地离开，而是流连徘徊一阵。我的心中就好像是落满白花的水池，芬芳馥郁，潮湿而空旷。恍惚之间，好像我是个被驱逐出校门的孩子，心怀着委屈和不情愿，眼里噙着泪水，对老师的背影充满着渴望和乞求。

某日清晨

那日清晨的回忆像雨水般清晰。是我离开南昌来到这个县城的第二日。在一个乱哄哄的汽车站，一个年代已久，人群杂乱，破旧并且肮脏的小站——它在一场连绵而至的雨水的洗礼中，显得更为混乱不堪。你举着一把伞，站在雨中，清晨的空气有些冷，但你强装无事，雨水划破你忧伤的微笑。我已经坐在一辆气味难闻的中巴车上，打算在中途的某市转车，回到南昌去。

告别的清晨，使周围的背景具有旧电影的意味。我们好像有十余年没有见面了，这次重逢，在所难免，又像出自偶然。这是个历史久远的县城，你离开这里已经多年了，现在你意外地从遥远的北方回到这里，但你很快又要回去。县城的街道，一如过去的样子，阔叶的法国梧桐荫蔽了大半条街，街两边多是嘈杂的店铺，卖手机、摩托、服装、米粉的人，混淆一团。溅着污泥的梧桐叶片紧贴在地上，拉客的三轮自行车从上面碾过。如果没有记错的话，再过两个月我就要满三十岁了（我一直对这个年龄忧心忡忡），而你正好在两个月前过完生日。

“我大概很难适应一个没有 ×× 的世界，但现实不在这里，因为现实并不完全寓寄于此……”我的头脑里，被一些抽象的、形而上的事物纠缠多年。我成了一个所谓的作家。而你停留在我记忆中的，还是十余年前一个师范小女生的模样，我对你之后的生活一无所知。

为什么在这个清晨，我脑子里突然冒出这句曾在某本小说里看过的献辞，它摘引自《一个罗马皇帝的临终遗言》。这个清晨，很容易让我们想起读书时的那个师范学校，门口的沿江路上，也有两列高大的法国梧桐树，年轻学子的背影影影绰绰，五月的充满浓郁花香的空气，让人闻着想要哭泣。现在，我感到我的眼眶真的有两行潮湿的液体在坠落。我将脸贴紧在冰凉的玻璃上，而你站在雨中，举着伞，望着我。这是等待发车的难挨的几分钟。再过几分钟，我们将再也看不见，也许还要加上“此生”二字。

我憎恨生命中的这些时刻。它使我们仿佛掏空肺腑，充满绝望，生命在瞬间变得悲观和虚无。

站台上，还有一些人，他们显示出对生活的巨大忍受力。他们面无表情地抽烟，或者翻看早已过时的报纸——这些时间，在他们的生命中，似乎是可以消弭的、忽略不计的。而对于我们来说，这时间却雕塑般凝固和清晰，仿佛可以触摸。

一个平常的清晨，雨却在我窗外下了多年，无歇无止……

《明天你是否依然爱我》

生于20世纪70年代初的人，对这首歌一定不会陌生。当初这首歌流行的时候，量贩式KTV不像现在这么普遍（或者说难以寻觅），我们是在校园广播——更多的是在单卡磁带里，熟悉了它。现在，每回在歌厅唱这首歌，都有种时光倒流，如幻如梦的悲戚和感慨。如泣如诉的前奏，丝丝入扣的旋律，昂扬尖锐的尾音，时间越久，这首歌的动人之处愈发显示出来。

回忆往昔总是容易和一些人、一些事联系起来。对于我来说，这其实是很模糊的。我陷落其中，是因为时间的不可逆转和青春的痛楚意味。如果硬要想到某个人的话，就是我前文提及的举伞的女孩（我还称她为女孩其实是多么不准确，这更证明了时间的沧桑感）。我们唱这首歌的时候，无法想象明天是什么样子。对于爱，我们似乎还停留在羞怯的渴望和忐忑的等待中。是的，我们这个年龄，依然单纯，关于“爱”的任何词汇和象征物，都会使喉咙失声，发出颤音。但这个字，还是前所未有的频率，进入到我们内心反复的求证、质疑和想象中。我们似乎都已经准备好了，时刻去接受爱的洗礼，为一场轰轰烈烈的爱情献身。

但，一切还来不及。我们所做的工作，仅仅是爱情的前奏，还没有进入到歌唱和表达的主题。“午夜的收音机，轻轻传来一首歌，那是你我都已熟悉的旋律，在你遗忘的时候，我依然还记得，明天你是否依然爱我……”有一次，是在课堂上，政治老师临时取消了上课，改为自习。这时有个邱姓男生，把台湾亲戚送他的礼物——一个“索尼”单放机的音量调大，刚才有些哄乱的教室，突然间变得鸦雀无声，只有童安格华丽而深情的歌声在响起。其实这首歌当时已经流传一段时间了，我们却像是初次听见那样，一致地显示出被打动，被俘虏的样子。寂静的教室甚至呈现出某种压抑，仿佛爱的宣言，随时要从孱弱而颤抖的胸墙里爆发出来。

那是一个师范学校，当时聚集了大批优秀、聪颖的学子。如今，却每每听到它惨淡经营、难以为继的消息。

生活的变化，往往是以某些事物的衰败，和另外一些事物的繁盛体现出来的。比如，曾经风光一时而现在走向末路的赣江边的师范学校；比如，当时不曾闻见，而现在遍地开花的歌房。如今，我也经常出现在装潢考究，音响一流的量贩式KTV——诸如“钱柜”“金碧辉煌”，每回我都会唱这首歌。在我独自动情演绎的时候，我发现，其他的男士们，沉浸在和身边女孩的打趣中，阵阵笑声，像浪花一样泼溅。应该感谢他们，在他们纵情忘我的时候，无缘目睹我眼眶里闪烁的泪光。

去异地

十几年前谷雨时节，我去邻近吉安市的某县，看望一位朋友。访友，是那个时候，我经常性的举动之一。那时我还在一个乡村学校做老师，业余时间写诗。我和诗友经常有书信来往，但纸上的交流似乎不足以尽兴，就常常背包出门远行。在我们那边，水稻是常见的作物。坐在班车上，看到两边的水田已经犁好，并且放满了水，清亮的水面上站着弯腰插秧的人，绿色的秧禾一把把扔在田里，等待农人对它们进行栽种。看到这情景，我总是很感动。一方面出于自己曾经的农耕经历，虽然参加工作以后，已经洗脚上岸，过上袖手旁观的生活，但在自己浪漫的田园牧歌的想象里，已成为一种抒情的回忆；另一方面，当时的诗歌不像现在，过于关注个人内心，而是更关心大地、农作物，为此也曾遭到批评家的诟病（他们幽默地说，“似乎水稻、麦子不是农民种出来的，而是诗人写出来的”）。虽然这是对泛滥的乡土诗的一种反驳，在我现在看来，也有批评家们中产阶级观的幼稚和专横。

记得那次，我是坐车先到吉安市，然后转车去该县，因为朋友也在乡下教书（20 世纪 90 年代初，他的组诗《我在乡下教书》，获得河北《诗神》杂志举办的全国诗赛一等奖），我不得不再次转乘了一辆专门来往于城乡之间的中巴车。车里面很挤（不坐满乘客车主不发车；不仅如此，他还在县城来回兜了好几个圈子，直至中间过道的板凳上也填满了人，才开始往一个叫“枫江”的乡镇开去）。人的耐性就是在这样的经历中培养起来的。乘坐这种车的，一般都是乡下的农民，男女老幼都有，一种异乡的带着泥土气息的声音在车厢里弥散。他们当然不是在谈论诗歌或别的什么高深的东西。而是化肥农药，家禽家畜，水稻蔬菜，计划生育，提留兑现之类，五花八门，但样样和自己具体的生活相联系。他们越是如此，我越是对自己所关心的诗歌——这门空洞的技艺，感到了虚妄；以致于对自己兴冲冲的出门远行感到了怀疑。

但我很快说服自己——诗歌是源于大地，但照亮大地的事物。类似“闪电”“星光”的东西，用古人的话说，是一种“不器”的事物。我就在这样的自欺欺人当中昏昏然睡去了。中途大概下去、上来了不少人。当我醒来的时候，车子已经颠簸在一条乡下的土路上，身边的面孔换了不少。我旁边坐着一个镇定的、一声不吭的小女孩，大概十四五岁，剪着类似电影《城南旧事》中林英子那样的齐耳短发，一双黑而大的眼睛格外清澈、明亮。这双眼睛如此打动我，以至到现在都难以忘记。这双眼睛没有任何内容，却仿佛内含了无比丰富的诗韵，无辜，明澈，如烟。这样一双眼睛此后我再也没有遇见过。

杏花疏影里的春天

我对春天过度的迷恋，使得每次提笔写它，都无法克制内心的激情。对一个季节的感受，犹如恋爱。在乡间和春天恋爱，是容易的。在城市里，你要表达对季节的温柔，总是要冒着矫情的风险。尤其是，你总是意识到，你忽然地进入了中年；这过程回忆起来其实又觉得漫长。你有时厌倦了生活，就像一卷越放越长的皮尺，看不到尽头。在你抑郁或者人生经历某个低谷的时候尤甚。

我第一次写杏花楼，是刚到这个城市的时候。那时，我的脸庞还年轻，内心的风景更像是刚刚蒙上画框的白布。对于城市生活，充满着好奇，像面对一个年轻曼妙而不失神秘感的女郎。这是每个外省青年都无法摆脱的。我一点点啜饮城市这杯黑色毒汁——现在写下这一行时，内心多少有些落寞沧桑，对城市生活也多少感到倦怠。在“落霞与孤鹜齐飞”的江边，夕阳转动它金黄的光晕，从一个更大的景深里眺望：杏花楼、南湖、赣江，以及滨江建筑，在一幅卷轴里呈现了某种时间和空间双重意味的深远。这份厚重和虚幻，是由落日的光辉带来的。我曾经登上杏花楼的亭台，在莲池和假山旁，幻想这个城市历史的部分：那是伴随着宫阙钟鸣、兵戈血光的故事，藩王美人、才子逆臣，构成了故事的主角……纵使你有“旌旗蔽空”的掌上千军，有“酾酒临江”的豪情万丈，也不免让人产生“而今安在”之感。我倚靠城市虚幻的历史，眼望面前的湖水，似乎想从文化中寻找这城市的血脉，试图使自己尽快地爱上它。

如今，我依然不免说，我还没能接受它的俗气和浅薄。

然而，这份俗气和浅薄，就像江南细雨中易碎的黑瓦、柳枝上站立的细长的嫩叶、巷陌里低翔的燕子，竟也是可爱的。

从画院到杏花楼之间，是浅浅的南湖；从街心的喧嚣，到园林的静谧之间，是一串串老妪幼女的方言。

我循着地图上的标记，推开杏花楼黑红的木门，在一个春日下午。仿佛不是一个乡村青年的初次造访，而像是游荡在外的儒生回到家门。多少让我感到意外的是，街对面是充斥着猪肚牛肠味儿的菜市场，雪亮肮脏的鱼鳞像梨花一样铺满了街面；几个垂钓的人，脚下丢了数十颗烟蒂，他们不时地从湖心里钩起一尾尾挣扎的鲢鱼。

这是我第一次游杏花楼留下的印象。

现在，我住在与杏花楼一湖之隔的灰色建筑五楼。春天再度来临。每日傍晚，我走过湖滨，在轻扬的柳枝中慢慢地走回住所。就像一幅风景画的中景，总是更容易聚焦观者的眼球，而我，似乎总是故意将目光定格在近旁："辣椒炒肉"，这是一个餐馆的名字，酱爆牛肉，搅拌着辣椒的香气，总是率先越过原木颜色门窗，在春天暮晚的空气里飘荡。透过玻璃窗，可以看到穿戴时髦、举止不凡的人们正相拥而坐，选择临窗的位置，以充分暴露饕餮时的忘我，是本城人的特征之一（我至今奇怪的是，那些美衣爱好者几乎都是美食爱好者）。狭窄的南湖路停满了各式小车，道路几乎完全堵塞。愈是偏僻难寻的餐馆，愈是吸引着人们驱车前往。有一家湖边咖啡店，叫"八月之光"，停业转让的牌子，醒目地立在门口，几乎一整个春天，看不到新人接手的迹象。这城市适合做满足胃部的业务，对于主要是精神致幻的营生，虽然临湖，甚至靠近一幢有着历史和故事的老建筑，也是失败的。这段路，我通常走得很慢，仿佛近乡情怯，其实，我是一个人走向一套空空的屋子而已。另有一幢老房子，是个西洋建筑，应是 20 世纪三四十年代的产物，也经营着一家餐馆，明黄的灯光映现出满座的欢声笑语，生意应是不错。旁边的空地上堆放了几个健身器材，隐藏在西式建筑后面的，是不起眼的居委会。有时我和女儿散步回来，她总是要跑到健身器材前摆弄一会儿，边扶着金属器械，边摇晃着身体，眼睛落在对面墙上的宣传栏——我注意到其上的内容，是避孕的几种方式。女儿的眼睛若有若无地目视着前方，她的身体在风中摇晃，这些字也在她眼前晃来晃去。我刻意去制止她的注视似乎多余。我站立着，就像另一架沉默的金属器械。我楼下的小店里，通常坐满了聊天的老人，老妇人居多，老先生一般在麻将馆或者公园里，只有老太太们喜欢在离家一箭之地的地方，聚集着聊天，当然沉默着、用直愣愣的眼睛盯着路人看的时候居多。蹲着，坐着，或者缓慢地移动自己弯曲的身体，和这周围的老房子，和夜色以及夜色的虚无溶为了一体。

这个春天，我楼下传来几次哭丧的声音。有几个老人，离世了。我不知道自己是否见过他们，在湖边、小店门口、柳树下，拄着拐棍，佝偻行走，或者用直勾勾的骇人的眼睛盯着你看的老人们——他们当中的几个，在这个春天相约去了另一个世界。他们曾经在湖边的石凳上、小店门口的竹椅上长久地坐着，上面留有他们身体的温度；小店主人，一个严肃的很少笑的妇女，当她坐在柜台后面，无意中拿眼睛瞟着这石凳、竹椅的时候，是否会想起这些老太太来——她们一整天地坐在她的小店门口，说过的话，留下的膏药和风油精的气味，想起她们的咳嗽和仿佛充满怨恨的眼神？

我下班回家，往往是天擦着黑。当我走进漆黑的楼道，走向五楼我租住的住所时，迎面总是会遇到一两个老太太。她们拄着拐棍，幽灵一般地立在楼道里，一动不动，只目视着（她们是否看得见？）你“咚咚咚”地走上来，冷不丁地吓出你一身冷汗。她们站立在黑暗的楼道间，是准备出门，还是准备回家，你一无所知。她们似乎喜欢停留在这楼梯道的平台上，停留在这人生悬而未决的时刻。

某个时候，楼下传来了哭泣的声音，不是号啕大哭，也不是低声啜泣，而是吟唱一般的声音，这哭声仿佛有着久远的历史，有着来历不明的渊源。这忏悔的、自责的、充满歌功颂德的吟唱里，让你仿佛看到用声音勾勒起来的一个人形。雨夜，“滴答滴答”的春雨下个没完，偶尔还伴随着雷电，加重了这个夜晚的凄惨意味。白天，看到巷道里搭起了雨棚，几个临时的大炉灶，火光熊熊，蒸笼里飘来鸡肉的清香，一个个花圈没有规则地摆放着，有穿着白色制服的洋鼓洋号乐队受雇前来奏乐，奏了几支安魂曲，然后吹奏《世上只有妈妈好》《社会主义好》《妈妈的吻》。混乱的音响和场景配合着主人混乱的情绪。

春雨顺着柳枝往下滴淌，有一两颗落在你的鼻尖上，感到冰冰的凉。春天里不适合做某些重大的举动，譬如远行、搬家、结婚，也不适合久居在屋子里，用干燥的手指梳弄日渐稀疏的头发。春天适合在阳光下走一走，或者坐在石凳上望着湖水心平气和地想些往事。

杏花楼旁有个字画店，出售文房工具、字帖、图书，也装裱和出售字画。我有时会到那里转转，喜欢将一支毛笔取下来，放在手里把玩一番，又挂回架子上去。这个店的笔来自两个厂家：“善琏湖笔”“农耕笔庄”。春天里我爱上了写字，用善琏湖笔，也用农耕笔临帖：《颜真卿三稿》《二王尺牍》《赵孟頫前后赤壁赋》《米芾苕溪诗帖》，有十余种；纸用的是17元一刀的毛边纸。春天里适宜写缓慢的字，不需风樯阵马，不需铁爪银钩，适合将笔画写得丰腴多肉，就像一片片新生的树叶。夜色在笔毫上慢慢地深下去，直至周围楼院里轻微的人声，逐渐地销匿了。我喜欢看笔毫在米黄纸面上轻轻地拉出线条。喜欢看纸面慢慢被一个个黑字所占据，就像燕子落窠，满纸有了生机。

有时也抄一抄古诗，写的最多的，发现是东坡的《南堂》：

扫地焚香闭阁眠，
簟纹如水帐如烟。
客来梦觉知何处，
挂起西窗浪接天。

有时也带女儿到画院去看展览。女儿喜欢西画，她最爱的颜色是粉红，喜欢看西画满幅艳丽的色彩。不喜欢中国画素色的水墨。一度我萌发理想，让女儿拜师学写毛笔字，成为另一个孙晓云。我的一厢情愿遭到女儿的抵触。她不愿学毛笔字，不愿成为我设想的某种被古典文化熏陶的淑女。女儿性格活泼、天真自然，在她面前，我只有投诚。春天里不适合违逆一个小女孩天然的兴趣。我在杏花疏影里，看着她在春光中成长，带着一位父亲欣喜和歉疚的复杂心情。

春天里适合喝一杯黄酒。花雕或者女儿红。在湖边的小馆子里。

我的楼下有一家，叫“湖边人家”。春天里有新鲜的时蔬，也有冬天的腌鱼腌肉，这家馆子自制的香肠也很诱人。有时写字累了，或者是下班回家，不愿揭开冰冷的锅盖，我就到馆子里去。春天的气息通过蒌蒿、韭菜，抵达喉尖，让人几乎闻到泥土的腥气，这久违的气息容易在两杯黄酒落肚后触发泪腺。窗外月白风清，室内人影在地。点点黄色灯火仿佛点在湖水的深处，浑浊的，然而又是绚烂的，仿佛城市里不可捕捉的消失的轶闻、传说，仿佛春天里明亮但虚幻的部分，在一个观望者的眼中轻轻地晃荡，晃荡……

从状元桥到佑民寺之间的路

从状元桥到佑民寺之间的路很短，大约不到两百米。我每天上下班都要经过。生活的细节并不需要刻意用显微镜去放大。就像一棵樟树，只要我们稍有耐心，便会发现这一棵和那一棵，如同一个人与另外一个人的相貌一样，差别是巨大的。这段街，如同这个城市大部分街道一样，并没有什么殊异之处，它如此“稳健”“自在”地和周围的风景连为一个整体，的确是微不足道的。

每天，有个保洁工，划着一条木船，游弋于南湖和东湖之间，它们彼此的联系，就是状元桥。两湖相连，一桥之隔分出东南两湖。这个保洁工的模样类似于白发渔樵，手捏一根细细的竹篙，浪迹于清波之上，颇有几分仙风道骨之气。这是我喜欢的。南湖里有五只野鸭，在上一个冬天，我就注意到。也许在我上年冬天搬进之前，它们就已经在那里了，这些候鸟，终有一天，也会像我一样离开南湖，到别的地方栖息吗？这是不言自明的。春天的雨季很长，早晨起来，有时会看到浓浓的白雾如纱帐一般曼舞在湖面上，隐晦的日光在靛青的天空里欲显还隐；湖心的杏花楼和周围的花木植物，宛若琼岛，给人以惊艳和出世之感。南湖边的老人们，也许早已习惯了眼前的景致，并不以为然，不像我这个初来乍到者，对什么都充满着好奇。我有时颇为自己感到惋惜的是，自己将会渐渐地熟悉这里的一切，变得和身边的老人一样，对于周围的一切熟视无睹，眼睛里空洞而茫然。

湖心的美景就像我们头脑中偶尔的抒情，并不坚固和持久。生活的面目，通常是以琐碎、喧闹的面目示人的。在的士、大巴和行人汹涌的民德路，当你卷入人流车流的喧嚣和速度感里，就像一片树叶裹挟在一棵大树里一样，你很快会消失掉自己。我走在这条路上，尽量让自己的步子慢下来，让内心里升起一道屏障，和周围的嘈杂隔绝开来。当你刻意保持内心的宁静，你的视线将变得更加清晰。

“志道堂”，如同北京王府井的大教堂，在这片东方的国度里，显示出某种不相协调的寂静。平时，就像一幢平淡无奇的建筑，并不为人所注目。但每个周末，周围一代的信徒们，则齐聚一堂，有声音洪亮的牧师在诵读《圣经》。是幢两层楼砖混结构建筑，青灰色的砖墙，肃穆宁静一如人们头脑中庄严的念想，漆黑的牌匾上书写着三个鎏金行书，有颜真卿行书的韵味。有一次，出于好奇，我进去过一回，似乎是圣诞节那天，上下两层楼挤满了信徒，老人居多，也有年轻的时尚的女子，有的老人手里还抱着孙子孙女。舞台上正表演节目，当然是宗教味很浓的，是信徒的自编自演，主持的正是那位声音洪亮的牧师。这牧师的诵读像京片儿一样字正腔圆。和在大会上做报告的领导人的讲话有得一拼。

当然，我的目光更多的还是落在观众身上——一个疑问，在我心里清晰地呈现，这些人，为什么会出现在这里，与一个永不可能谋面的上帝进行沟通？是他们的灵魂更高尚，还是他们内心的苦难更深刻？这些老人，身上洋溢着明显的人间烟火的气息，是一些再普通不过的老百姓——在人群中，他们也许更沉默寡言和安分守己，内心的世界就像石膏像一样，凝固和静止——对于常人的想象，或许通常是错误的，他们的内心正因为通常为人所忽略，那积累起来的内心的波澜，使他们用传统的观念来安身立命已难可能。他们需要一些来自异域的、反差很大的言辞才能给内心带来抚慰。就像他们对家人克制的容忍和不满，已达经年，而一个言辞华美的陌生人，则更容易融化他们心中的冰峰。

教堂内部的结构，有些类似20世纪六七十年代常见的公社礼堂，连火车厢式的座椅都是；穹顶，以及前台的深邃、神秘，也如出一辙。如果追究人们的表情，则更加惊人的显示了某种相似程度，那是混合着狂热、敬畏、欢乐于一体的表情。这表情通常在人们日常生活中并不常见，也就是，如果说生活的面目是“散文”的话，那么，在那一时刻，他们内心的情绪确实达到了“诗”的程度。在另外一个周末，我在站台等公交车而久久不来的片刻，又进去过这幢掩映在公交站台后面广玉兰旁的灰色砖楼，人们正跟着牧师一起念诵，大概是《圣经》上的某些篇章，这高度抽象和概括的句子，洋溢着宗教和诗意的双重混响，在大厅的穹顶下久久地回荡着，就是对于一个无神论者来说，也具有强烈的感染力。人毕竟是种群居动物，除了作家和哲人以外，并不习惯一个人的独居生活。这些信徒们，与其说是在信奉着一个至高至大的上帝，毋宁说是在享受着一种“平等”“和谐”“相亲相爱”的生活，迷恋这样一种集体的生活方式。

就像我居住的这片街区，一些老太太们自发组织起来的秧歌队和腰鼓队，她们将自己打扮成连孙子见了都感到惊异的模样：画着眼影，涂着口红，系着腰带，穿着绸质的大红的衣服，神采飞扬地敲锣打鼓，她们的表情是一种夸张的愉悦和睥睨一切的傲岸——这足以令人震惊，她们还是那个常见的佝偻腰背，白发灰脸，衣襟灰旧臃肿、满面愁苦的老妪吗？

我越过“志道堂”，沿着湖畔的树阴，行走在一个恍惚的城市。我的思绪从生活的蛛丝回到一个模糊的万花筒里，掠过前面的人影、嘈杂的市声，落在阳光的光斑里。

一个坐在地上的中年人，一只手撑地，一只手推着一个平矮的“推车”，上面放着一个筒状的扩音器，他的一条腿蜷曲着，弯向肚脐的位置，一条腿裸露着——整个脚掌已经被削去，露出一截树瘤般的脚踝，在日光下骇人地、醒目地支愣着，为使这个伤残的器官暴露得更充分，裤腿都被卷起来了。这是初春的南方，天气还很严寒，这个紫红色的、忧伤的器官，在呈示一个隐含在时间里的意外事件。以期唤起人们的同情。功放的声音很响，是《大悲咒》：

南无喝啰怛那哆啰夜耶

南无阿俐耶 婆卢羯帝

烁钵啰耶 菩提萨埵婆耶

摩诃萨埵婆耶

摩诃迦 卢尼迦耶唵

……

音乐来自一个纯正的男中音，不激不厉，不悲不喜，有超尘出世之感。这音乐我听过多遍了，但这音乐和一个伤残的头发缭乱的男子混合在一起，感觉是不一样的。这人无疑是值得同情的，我想他推车里的钵子一定收获不菲。事实上，只有几个孤零零的灰旧的硬币躺在空荡的饭盒内，反射着暗淡的仿佛忧伤的日光。我不由自主地盯着这男子看：在松垮、瘦削的身体上，安放着一个异常灵活和不安分的脑袋，像自行车的笼头一样转动，盯着前面的每一个路人，那双眼睛黑白分明，炯炯有神，里面透射着狡黠的、假装委屈的光来，这眼睛让人产生一种不适的感受。仿佛不是面对一个残疾人，而是一个骗子或者其他。

曾经，有次，我在书房写作，也听到窗外传来《大悲咒》熟悉的音乐，这音乐穿透了楼下嬉戏的孩子的说笑声，直抵我的房间。大约过了半个小时，这个声音，还在我的楼下回荡。我下了五楼，来到渊明北路，准备到超市去。看到一个孤零零的身影在街上缓慢地移动着，也是一手撑地，一手推着“推车”，音乐来自那个筒状的功放。

一个小时以后，我回到楼下，那个暗色的身影还没挪动多少距离，那音乐依然在街两边的居民区里回荡，只是听起来更加寂寥一些，悲愤一些。我不能肯定，这个身影，就是我上班途中在民德路上看到的那个。实际上，从状元桥到佑民寺之间，短短的距离内，有数个这样推着车乞讨的残疾人。他们彼此之间，看起来差不多，身边的“推车”也仿佛是同一个人制作出来的。

佑民寺是本市一个规模较大的寺院，香火旺盛，门口颇为热闹。依着这个“码头”，有不少卖香火的、相面的人，每日据守在那里。我因为每天上下班经过，差不多都能认出他们来。相面人，老者居多，有的故作姿态地留着白须，有的穿着道人的衣帽、推着单车，车上插着一面白色幡旗，上面画着一个太极图；也有一个戴眼镜的年轻人，有一双笑眯眯的眼睛。这些相面人，有时会拉住一个面相单纯的小姑娘的胳膊，连哄带骗的架势；有的追着路人走出十几米，极力地蛊惑、劝说。曾经我还见过那个留着白须的先生，对一个胖妇人的背影气急败坏地骂着，用词极为肮脏。

不断有豪华的小汽车驶过，停在佑民寺的门口，脑满肠肥的老板、官员，或者香气刺鼻的靓丽女子，从车里下来。为他们的幸福生活祈求更上层楼。相面人斜睨着，嘴里低语什么，那神情里，有模糊不清的内容。当他们用手搔着脑袋，低头看着脚下亲手绘制的“算命”“八卦”之类的图纸——那八开左右的纸，被一层塑料油纸包着，字迹不整，肮脏不已，仿佛提示着自身潦倒的际遇。

春天的阳光总是宜人地分布在每一个人身上，不多不少，这和每个人的运际相去甚远。自然的恩赐总是比人世间的竞争、攫取更为公平，这使得每一个人都能对自然感激涕零。在一个站台前面，风旋成一根柱状，这是春天里经常遇到的。一些干枯的香樟树叶、纸片和无所不在的尘埃，环抱着向上、向上，并被一股力量推着往前飘荡……报纸上的头条是北方不断南移的沙尘暴。这里是长江以南的内陆城市，一个有着历史感和才子佳人故事的老城，春天的民德路，我每日上班要经过的一段，状元桥旁是个教堂，八一公园旁是个寺庙，在车水马龙的街头，有着广玉兰和香樟的街道树，人的面影梦寐一样在春光里浮现，那些过客、异乡人和本地居民，走马灯似的在眼前晃过，背负着他们的信仰、琐碎的人生、荒诞的经历，如同我一般，走在街头，终将像影子一样深深地砌入树阴后面红色或灰色的砖墙里……

冬日书

1

从住房的窗户往外观望：一些统称为树和房子的东西在视线中，不被物质占据的部分，是天空。静默的风景，给人一种恒久的无望的错觉。我每日从窗口看到的风景，都是一样的，平静、隐忍、持久。但是，总有一种感觉暗示我，这风景，是与我无关的。只要我闭上眼睛，它们立马在我眼前消失。

早已有另外一个人，带着我内心的热情、敏感，在别处生活；而“我”，不过是借用了他的躯壳，这里仅仅是他的后方、留守处。我身上聚集的不过是三十四年光阴的材料。早已有另外一个人，享用了这三十多年时光。细致的、起皱的、发黄的、潮湿的、腐暗的时光，聚拢起这移动的寄居的身体，打磨它、消耗它……他所经历的生活，四周的地理，景致，却渐渐变得生动起来：一段铁轨，从城市的车站延伸出来，春天的烟雨泅浸它，夏日的骄阳炽烤它，冬日的风雪覆盖它，这段铁轨也延伸至他的窗前，给他带来远行的列车——隆隆作响的火车带给出租房的微微颤抖，远处是灰蓝的山冈，有时被薄暮的红云照亮——那有着云英石和花岗岩的山冈，野栗树和山楂树，红黄的树叶掉了一地，腐烂在根部，野兔和山鸡在石缝、杂草间出没；在山下的一间破旧的木房子里，她曾经和他一起在那里避雨，之前，是晴好的天气，他们愉快地饮水，拍照，喃喃自语——夏日的雨说来就来了，他们在这陌生的山脚下的破旧房里避雨——这是他亲历的细节，还仅仅是因视线越过窗前的风景引起的头脑中的臆想？

一列奔跑的火车，带动了他寄居的身体。他总是幻想着，有朝一日能够住在火车上。这样，他就可以被火车带到无数个陌生之地，每天在不会重复的风景中醒来。实际上，他哪里都没去。他一直待在这里，结婚，生子。他们有两间房子，拥挤的、光线阴暗的房子，寄居着他们的身体。一个幼稚的生命出世了。这很平常。原先堆满书籍的房子里，又增添了许多玩具、尿片，本来就杂乱的屋子，看起来就更像一个凌乱的鸟巢了。原先在窗外奔跑的火车带来的臆想，变成了许多诗句——现在，像压薄的时间，睡在床底下的硬皮本里——诗句，它无用的价值，本身也证明过去的时间作为材料的属性。现在是娃娃书，娃娃的语言，娃娃的衣物，构成的空间。火车，在窗外轰隆隆地驶过，远处山冈的落叶又铺成了灿烂的地毯，野兽在欢叫追逐——但是已经不能带来诗歌，远方，也变得更加空洞和不切实际，对于远方的模样已经渐渐失去了想象。

2

拂晓前的夜露和白昼的日光在互相对望，在郊外的灰色烟雾和冗长的阅读的疲惫背后，博尔赫斯说："那消退的黑夜，留在了失明者的眼里"。城市还在流光溢彩下沉睡，而市郊已提前从沉默的黑夜中醒来。

又是一个疲惫的无味的阅读之夜。就像生活本身，单调而疲倦，但仍然令我们留恋。半个月前，我从市区搬家到了市郊。历经多个沉静而平淡的夜晚后，我重新获得了对“黑夜”的认识。在市区时，我的夜晚充满了虚无、喧嚣和失眠。夜晚对我来说，是不真实的。城市是一个内部放置着上千盏熠熠灯球的发光体。是另一个沸腾的、喧嚣的星球。夜晚，似乎从来没有交还给静谧和睡眠。

宴会，是一群孤独的人最廉价的感情取暖，互相排斥而无从回避。酒精制造了在生活压力下年轻脸庞肆意的泪水，制造了草率的无从深入真情的交往。宴会没有增进彼此的情感，它使失望和孤独在各自的内心里进一步加深。在深夜的出租车上，我听到年轻的失恋者在向电台主播诉说烦恼——仿佛她是一位点石成金的爱情天使。在主播温柔而难掩疲倦的嗓音的安抚下，那个年轻人（我猜想长着一张瘦长苍白的脸，狭促的眼睛，薄紫的嘴唇，纷乱金黄的头发，敞开的大片胸脯——骨头隐隐可见——花格子衬衫，细长的颈脖上晃动着粗重的金项链，紧紧抓住听筒的被香烟熏黄的手指……），他焦虑的语气在变本加厉。其实这个主播我是认识的，一个同样年轻得几乎没有多少生活经验的小女生。

我在乡村中学时，印象最深的，是经常一个人在学校山坡拥吻星空——当然，这是一种修辞化的表述，我的意思是：常常独自一人待在夜晚。随着时间的流逝，这画面变得温暖和诗意。这不是一个寄宿制学校，孩子们上完课都回家去了，住在附近的老师，也趁着太阳未落山匆匆赶回家去，帮助家里做农活；也有几个像我一样家住县城的年轻老师，没有一个愿意住校，总是骑摩托车或者搭中巴车赶回县城。学校的夜晚（伴随着阒静），因此很快就光临了。我不知道我如此迷恋夜晚和孤独，是为了什么。我独自将住校的任务揽在身上。这让校长感到满意。如果说，独自一人在一个陌生的山冈“守夜”，不感到寂寞和空虚，那是假的。而我愿意用青春岁月去承受它，一个难以启齿的原因是：为了逃避亲情。是的，在我十七八岁的年纪里，我性情过于羞赧，毋宁说是有些乖戾。我特别计较幼年里成长中经历的阴影，它们在我青春期的年纪里，无限地被放大，我不愿意和他们在一起生活。从十八岁开始，我就在练习逃亡——从一个人住在山乡学校，到后来南逃广东、北上京城，再到我二十八定居省城，终于彻底从亲人身边逃离了。

在乡村中学度过的无数个夜晚，我做了些什么呢？我好像什么也没干。学校方圆千余平方米，简单的几间教室、一幢教学楼、一幢宿舍、几棵野板栗树和杨树，我用于散步的时间，不会超过二十分钟。然后就回到黑暗中的屋子里去——说黑暗其实不真实，因为只有我的宿舍亮着灯光，一直到深夜也不会熄灭——我在阅读和幻思中打发了黑夜，偶尔写诗，生活缺少知音。

黑夜的品质，至今延续在身上。这使我在省城的郊外，重新找回了当初的感觉。在这个叫作红谷滩的地方，鹧鸪在夜晚啼叫，昆虫在布满铁锈的水面上跳跃，月亮的脸庞像被擦洗的银器重新辉映在空中，卡车在布满灰尘的公路上奔驰……

3

带着冰凉的雨的气味和告别的气息，站台，又一次在暮色中推向前台。来到郊区以后，我对“站台”这个词变得敏感。比如现在，我所在的这一站：沙井村，站牌上标示着这些公车：227、209、306、504。原先我住在单位的集体宿舍，每天上下班，不过是从一栋楼移到另一栋楼而已；现在，我是公交车的常客。确切地说，我每天坐227路车上下班。

在这个市郊的站台，人通常不太多：郊外的农民——他的写着大大“拆”字的楼房，前途未卜，他关心拆迁的补偿是否能拿到手；大学新区的学生——除了拥抱和接吻，他们还会带给我怎样的意外？单调的郊外生活，难以稀释他们身上如火如荼的激情；戴眼镜的可能的机关人员——也像我一样，来自异地，为了生活打拼，结婚生子，终于在节衣缩食之余按揭了一套房子，当然是市郊的，不得不每日在市区和郊外之间奔波……其余身份未明的人，难以赘述。

站台，是临时寄放身体的客栈。尤其是在这个下雨的冬日，它的可以遮风避雨的品质更加显露无遗。前面是宽阔的车辆稀少的马路，雨落在上面，可以缓慢地铺展开一幅抽象画，中间隔离带的绿色植物，像我一样被一只看不见的命运之手栽种在这里：被动，孤寂，暗自神伤。拆迁房和热销中的楼盘，暂时相安无事地同享着郊外冬日的宁静。就像发配沧州的林冲，无法用他困倦的手遮挡脸上的刺字，这待拆的农民房脸上的刺字，同样使它的命运危如累卵。郊外的生活，使一个人的时间得以延长，并显示出某种静思默想的特征。

但不是所有的思想都是有益的。譬如我在站台漫漶的游思，不过是为了对抗枯燥和寂寞的等待而已——郊外的公交车，同样迟缓，始终到达不了身边；我担心，在急躁的等待中我仿佛要睡去了。有时，我是一个人孤零零地候车，周围没有一个人，如果不是这站台——和它上面标示的一个个站名，我会觉得，我和这城市没有一点联系。在这城市另一端的郊外，青云谱，寂寞的八大山人先生，是否也有某种远离中心的孤独？我想他是不会的，在他不断往乡野和内心逃亡的生命中，从来不曾喧哗和繁华过（虽然他本应拥有这些）。在他同样寂寞的郊外生活中，至少可以找到这些与之相称的语词：为信仰、为艺术、为生命的尊严。而我，不过为了安身立命，在一个城市的郊外，不由选择地、被动地栖居。

我不知道，一个迟迟等不到的公交车的人，内心是一种什么样的感受。而我那种望眼欲穿的急迫，仿佛是在守候离去经年的亲人归来。虽然站台人员稀少，虽然车子总是误点，但是车厢内通常照样拥挤。一方面，固然是车次少，这是主要的；另一方面，大量的高校迁往郊外，车上一半以上的是进城的大学生。经常有挑着蛇皮袋、在年轻司机极不耐烦的语气中踉踉跄跄上车的郊外老妪——司机突然加速——使她瘦弱的身子失去重心，双臂在空中慌忙地上下划动……有一次，我在昏睡中醒来，看到邻座一个小职员模样的年轻人，一本厚厚的书摊在双膝上，闭着眼睛大声朗诵，不是“励志”警句，不是公司规程，而是食指的诗歌：《相信未来》。当时，车厢里静极了，就像一个布道者突然来到穷人当中。因为工作关系，我组织和聆听了无数场诗歌朗诵会，但是这一次真是特别。这个年轻人，我相信并无多少诗歌学养，从他有些笨迂的神情和语气来看，也绝不是一个学历很高、志得意满、正在进步的青年，我还相信，他的这次诗歌朗诵，仅仅出自偶然、并非他的兴趣所在。但是，我却感觉，整个车厢的人都在用心聆听，被诗歌的奇迹所照耀，包括那位差劲的司机，所有的人，并不感到惊奇和可笑。

有时我也坐夜间车306路。此刻的体育馆一带，灯火辉煌，各种酒店门口泊满了小车。我从单位的后门出来，抄近路从展览路走向站台。两边的服装店，有一半已经拉下了卷闸门，因此，这一小段路，显得静谧和灰暗。路灯、香樟树、行人以及围墙的影子，在脚下连成一片。从我身边经过的人，他们的脸庞模糊成梦的样子，这是内心感到宁静的片刻，仿佛——我和周围的世界隔离开来。

坐在夜间公交车上，随它往夜晚深处驶入，就像一段乐曲，在慢慢过渡到结尾；透过车玻璃看到两边的商店、酒吧、美容院、诊所、居民房……就像看一部怀旧电影一样无限伤感，我的鼻尖抵着玻璃，内心仿佛充盈，又好像无比空洞——我并不想急于回到郊外的家中，又好像迫不及待要出现在温暖灯光下的妻子和女儿面前。我的情绪复杂矛盾，一言难尽。感激和低微的伤痛，同时从喉管里升起，就像耀眼的灯火直抵黯空。车上的人，都在昏昏欲睡，表情迟重，充满厌倦。像一条鱼一样行驶在夜晚的公交车上，在城市的灯火泡沫和光亮周围广大的黑暗之间，我不断地往内心更深的暗处沉入……

一个人的赣江

一

猩红落日下的赣江，流水像艳丽的丝绸，铺展在赣北平原；它的下游，鄱阳湖，此时芦花盛开，如漫天飞雪，野鸭不紧不慢地在天空飞，谁也不知道它们将去哪里。通常，水流经一个城市的时候，多半会被建筑物挤压成瘦小的一条，但是赣江流经南昌城的时候，就像一个逆臣的野心一样膨胀开来，它湿漉漉的肩幅将这城市撑开两半——使人在观望对岸的时候，心胸似乎也变得不那么狭窄。以我主观的判断，这城市的人，终日生活在郁闷和烦恼中。

不知道我算不算其中一个。小时候，母亲请人给我算命，说我命里忌水，偏偏我是个喜欢择水而居的人，我喜欢水的曲折委婉，变动不居。我在吉安读书的时候，学校旁边就是赣江，江中央有个沙洲，叫白鹭洲，里面有个古老的书院，我经常去里面写生。赣江从吉安，流到南昌，沿途多少里，我未曾了解。若从它的源头赣南算起，到最后汇入鄱阳湖，沿途多少里，我也没去查证过。

有时候一种难以言喻的情绪，会长久控制你，譬如我在经过八一大桥时，总是会下意识地微微颤抖。不是重型卡车经过时带来的桥身的抖动，而是，我的大脑会短暂地出现一种昏厥，仿佛我的身体是个空中的悬浮物一样。这种感受并不使我觉得痛苦，相反，我有某种无法说出的快感。

自从搬到江对岸居住以后，我每日要经过赣江上的大桥上下班，也就是说，我每天都要短暂地让自己昏厥两次。这种感觉很奇特。

桥，是那种六车道的斜拉桥，看起来坚不可摧，铁索在太阳光下仿佛一支支斜飞的箭矢；北端屹然挺立两只雄狮雕像，南端则是黑白两猫。扶着桥栏往下观望，天空的云翳在静水中漂浮。说静水并不准确，表面静止不动的江水其实潜流暗涌。这也是观看赣江的一种方式。从高处俯瞰赣江，你会感到它是雄性和粗野的，它须臾未停止蠕动，噬咬，吞咽……就像一个饥饿的胃口很大的人一样。

当年在吉安读书时，觉得赣江是柔媚的，清丽可人的，可能与我当时情窦初开有关。白鹭洲畔的赣江，被少年湿润而单纯的心充满，像一首歌曲，萦绕在栀子花香的黄昏。我心里装着对一个女孩的喜爱，在江边徘徊流连，充满喜悦，又充满惆怅。

现在每日经过的赣江，却感到陌生而不可亲近。是不是因为繁闹的都市，给人一种时光匆匆，生命无待的紧张感，这和江流“逝者如斯”的暗示相契？

常年居住在赣江边的人，可能已经失去了对它的敏感。对于他们来说，它只是一些或清或浊的流水，一些江心裸露的沙地，其上一些被黄牛舔食干净的杂草，一些停泊的船只，一些落水者的消息，一些夜晚倒映在里面的灯光，仅此而已。也许它在不同的水域有着不同的名字，如扬子洲、朝阳洲，它旁边的市郊分别叫作长陵、熊村什么的。人们熟悉它就像可以把它完全忽略一样。他们不会像我，从远处用一双陌生人的眼睛专注地观望它，并在桥上经过时，随着公交车身的抖动而产生片刻的晕眩。

他们没有我“经过”它时，内心的敏感，仿佛我正经历一个事件。

为什么我心里一再出现对这城市的抵触和否定，仿佛永难纳入它的节奏和音调？每次经过它时，我都专注地观望它，而我并没有什么新的发现，我看见的，和那些自小在江边长大的人一样多。但是，每一次，我都像是第一次看见它那样，感到惊奇和不安。毋宁说，我是看到了它的陌生，不如说是看到这城市的陌生。

看到它时，我感到生命的流逝，而我在徒劳地抵抗、挽留。我知道，我每次经过的不是同一条河流；我每次看到的，并不是同一条江的面孔。它不过是“以每天一张的速度/从她原本美丽的脸上复印出来”（叶辉语）而已。

同样让我惊奇的是，它的水流好像不是在增加，而是不断地减少。它的流动，让人想到：删除、过去、消失、不再这些词，而不是：添加、聚集、形成这些词。消弭于时间、词语、暗示中的赣江，对它漫无边际的想象，有时让我感到了痛苦。

二

深夜的赣江，仿佛睡着了，没有流动了；它身上的驳船、油轮，像锈暗的铁，镶嵌在时间深处。偶尔两个混浊的浪花拍打堤岸——那是它在睡梦中翻身、说着梦话。沉睡的赣江并不知道，有一个男子却醒着，披衣坐在岸边抽烟，将它观望；也许还有更多醒着的人，站在窗前，将深夜的赣江打量。

在泛着油迹的岸边——夜宵摊已经收走了，地面上留下许多螺蛳壳、劣质纸巾、一次性筷子、混合着辣椒粉和葱姜的油污；在此之前，上面肯定还躺着许多东倒西歪的啤酒瓶，在没有收走以前，它们幽默地、不能自持地躺在桌子底下，就像生活的混乱本身一样。一条江，把城市分割成两边，一边是时尚的、奢靡的、醉生梦死的，一边是郊区的、草根的、乡里乡气的……如果说，江这边的生活，就是对岸的梦想。这梦想，似乎也并不怎样美好。现在，我就坐在江这边，感到众人皆睡我独醒。

当年曹操在长江边赋诗感慨：“月明星稀，乌鹊南飞，绕树三匝，何枝可依……”我曾经迷恋过这样的情绪，迷恋这种大悲切，大感慨。可现在，我却毫无这样的感受，对于这样的深夜和星空下的赣江，我的思绪无法和古人接通。我觉得和他们之间，已经割裂了，我们生活在完全不同的语境。占据内心的已经不是“睡起莞然成独笑，数声渔笛在沧浪”的悠远、恬淡——我们生活在烦恼中。在这个经济“一体化”的社会，人们之间的情绪，像病毒一样被复制。

比如，现在，我坐在深夜的赣江边，就好像看到，有无数的人和我一样，坐在那里，同样的神情，同样的抽烟的动作，同样的感想……

甚至，我们看到的赣江也是千人一面、毫无差别的；我们使用同样的贫乏的毫无诗意的词语，譬如“流淌”“混浊”“沉睡”之类，去描述它。个性的、差别的赣江，在我们眼中消失了，我们看到的不是《过零丁洋》的赣江，不是《滕王阁序》的赣江，我们看到的是上面停着驳船和油轮的赣江，我们看到的只是物质的赣江在做物理意义上的运动，而不是惆怅的情绪、华丽的词章、充沛的诗意在其间流动的赣江。

一艘油轮，突然离开这群静默的船队，“突突”地往下游而去，我想很多人都注意到了，视线同时被它抓住——但不知道它要去往哪里。我们专注地目送着它往下游移动，直到消失。但我们并不关心它的下落。

投放在赣江里的霓虹灯光仍未熄灭，像一个画着浓妆的神情不洁的女人。被玷污和被亵渎的赣江，我想并非它所愿。

我希望看见的，是另一条流动在纸上的、过去的赣江，不是眼前这混浊暧昧、昏睡不醒的赣江。

一条岸边留下一堆烟蒂的赣江，在更深的夜晚，模糊了时间的边界。但在漆黑和静止之中，点点微光，在慢慢撑开天空的肚皮。

三

有时我希望看见的赣江，是家乡的一条小河，可惜它不是。我还希望有一个江心亭，有一幢锁江楼，有一片依依杨柳，还有一个青石砌成的码头。很可惜，这些也没有。也许，许多年前，这些它都有，那时这个城市叫南昌，也叫豫章；城市的版图没有现在这么大，被它阻挡在对岸的只是滩涂、郊外。几千年的农业国度，所谓城市，不过是农村元素量的扩充和集合而已，不像现在，城乡面貌，完全不可同日而语。

一条运河一样的江水，流淌在人们的睡梦、命运、家国之外。必然有神秘的月亮照耀它，让游子触景生情，想念家乡和双亲。那时，它是繁忙而热闹的，围绕着它，村庄和集镇建立起来了，商埠和交易发展起来了，诗歌和音乐产生了。现在，它运输的功能大为削弱，几乎完全成了城市的摆设，甚至春雨连绵的季节，人们对它水漫长堤的危险性还充满忌惮。它似乎也就不再活泛、清丽、自珍自爱，而是沉默、混浊、漫不经心。它的体内也不再奉献鱼虾珠贝，任凭鸬鹚一般密集的铁壳船，从它体内掏出一捧捧黄沙，然后运往一个个灰尘弥漫的工地。

也许，只有我还把它看成是一条过去的赣江。曾经，三闾大夫在另一条江边悲吟："沧浪之水清兮，可以濯我缨；沧浪之水浊兮，可以濯我足。"至于我在它边上看到什么，写下什么，对它来说，根本就不重要。或许它早已厌倦了文人骚客们对它的吟风弄月，写下那些不痛不痒的文字。

我依然希望有一座古塔，在江边陪伴它。塔的沉默无言和宗教的静谧智慧，与它的流动不息构成了永恒的宇宙。现在，没有静止的崇高的事物在我们身边，只有欲望的江流在惊涛拍岸。

没有塔的赣江是有缺憾的。正如没有沉静神秘的黄昏，我们的日子同样显得浮光掠影、没有重量一样。

被月光照耀着的赣江，恰如一个人明净的内心，他所有的欲望、悲苦、罪孽的念头，都得以平息。一个人的内心有多宽广，世界就有多宽广。一个浪子，他的伤口被一条大江给清洗、包扎——这是赣江之于我们的隐喻。他狂暴的肉体——那使他痛苦和不安的病因，在这个隐喻里得到医治。

总是可以把它，和另外一些事物：寺庙的殿宇、松林、石兽、碑文、乡间教堂……归为一类；总是会有一条江，来到我们身边，就像一面镜子，站在我们对面；总是会有一种声音在提示我们：时光的流逝，生命的衰亡，美丽的幻灭……尽管你不愿意，但却是不可阻挡和挽回的。

在古代，人们总愿意把荣华富贵、功名利禄和流水联系在一起，智慧的古人早就看清了生命的本质和生活的真谛。对于一个欲望深重的人来说，他追求的一切，最后都会变成流水、幻梦、晨霜……一切的添加和积蓄似乎都是多余的，因为最后，一切都会曲终人散，云烟过眼。

因为到最后，所有的人都会从江边离开。只有江水，依旧在江水中流淌不息。

四

当我一个人待在屋中时，我依然感觉赣江在我身边。我伸出手，就可以触及它的波澜；而我闭上眼，它裹挟着两岸的油菜花香，扑面而来。赣江之于我，不仅仅是个隐喻，也许还是一个神明。在冬季干燥的冷风中，我常常下意识地舔湿干燥的嘴唇，对于我皲裂的唇角来说，它也许是一片湿润的甘油。赣江边的风，冷，而且干硬，仿佛河床里堆积的不是流淌的江水，而是逐渐冷却下来的钢蓝的铁水。因此，对于我来说，赣江还是另外一种铁器，一种比骨头更坚硬的东西。

我越是长久地打量它，越是无法将它看清。当我从江边离去，潮声依然在我体内澎湃。我有时想象它的体内，淹埋着一座城池：锐利的兵器，被砍断后仍作嘶昂状的马头，裹着淤血的旌旗，士兵口袋里展开的家书，以及一个白发将军即将解甲归田的遗憾……横陈在它漏斗般的底部。一条河流，穿过时间的桎梏，将一座过去的废墟，和现在粘接在一起。在我虚拟的想象里，这是不可挖掘的。在青天白日的时候，透过枯水期的水面，我们看到里面的卵石，水草，以及阳光穿越水面的黄金箭镞。

设想，我的生活里没有这样一条赣江，将会是怎样的情形？我曾经在北方一个城市短暂居住，在胡同、四合院、电线杆以及秋天的银杏树构成的背景中，寻找内心的支撑和信仰。因为空气过于干燥了，不得不经常性地舔自己的嘴唇。这是一个缺水的城市，没有一条河流将城市和人民联系起来，我在拥挤的人群中找不到安慰，就像丢失了自己的影子一样，生活得仓惶和落魄。于是，我回来了。

回到了湿润的南方。

水是我的情人，可能性的命运将我和赣江纽结在一起。它同时是我的镜子、医生、春天、保姆、先父、欢乐的情敌……它在浇灌赣北平原的油菜花、水稻、芨芨草、菜蔬的同时，也在洗刷我的忧伤、怆痛……它是一阵迷雾，使油菜地的水牛陷入了模糊的记忆；是一阵轻风，将一把相思的种子送到乡村少女的窗前。赣江在我身边的同时，也在你的身边。它在白天吟唱的同时夜晚也没有停止它的呼吸。它是一尊被雨淋湿的裸体，是三千丈布匹，是十万吨油菜花提炼的香水，是半个月亮的液态体形，是国家的一种温良谦逊的态度，是点亮黄庭坚笔下灯火的江湖夜雨，也是红色丘陵擦干身上血迹的一张报纸……

没有人能够阻挡赣江来到你身边。它固执地到来，就像一个痴情女子对一个书生的爱情，就像一个汉字无法拆分的偏旁部首。

它是我在键盘上敲打出的一行语义未详的话语，是尚未想清楚的下一句。流淌在屏幕上的黑色字迹，使一条江水的面目渐渐清晰。只要我还在书写，赣江就在身边。我提取它清洁的精神、隐秘的花香、星空的图案——书写我的青春，我的悲欢。是它，使我的文字找到了光源：在汉文化源远流长的风俗、伦理、宗教和哲学中，内心被照亮。

对它的研习和思索，是一个人的朝圣，每天进行的功课。它给我带来欢乐，同时带来痛苦。它带来惊悚的风景，偶然的死亡，徒劳的打捞，被污染和被亵渎的夜晚……它是寓言的河床，使愚蠢的水鸟和不劳而获的渔翁，同时在一个故事里展开杀戮和宿命。它是文天祥一生的最后一笔，从梅关一直写到了元大都。因此，对于我，它经常也是一种提醒，是一个人不合时宜的仁义礼智信。

香樟树影下的城市

如果城市的头顶被成片的香樟树林所荫蔽，那将是一幅怎样的景象？香樟树，不多也不少，差不多与这个城市的建筑物等量齐观，它们的高度看起来也差不多，甚至，与这个城市居民的数量也大致相当。这将是一幅怎样的景象？一棵树，就是一个城市的居民，它们被栽种、培植在公园、绿荫带、空地，受人尊重；它们像老人一样，谦逊恭敬，风度翩翩。它们身上布满了年轮、纵横交错的小径、落下又飞走的鸟儿，以及像头发一样呼啦啦响的树叶。每时每刻，它们与城市的建筑相看两不厌。阳光照在它们身上，它们球形的树冠闪烁着金币的色泽，看起来那么的让人喜爱。它们椭圆形的树冠，与方整的、被阳光和阴影分割着的建筑物，构成一种简单但颇富抽象意味的美学。它弧形的、富有弹性的线条，缓解了城市过分男性化的、伟岸的面貌特征。它的绿色，绕过建筑物灰色的身躯，填补了市民们眼中对颜色的渴求。

晚风中，它们轻轻摇动，让人联想起"婆娑""扶疏""梳理""喧哗"等词汇。树下，情人紧紧拥抱，甜蜜亲吻，他们的身体倚靠着结实的树干，灯光从密密的树缝里漏下来，划落在他们脸上，他们又将脸往阴影深处挪进去一些。香樟树构成了他们头脑中的草原、敖包、麦草垛、溪流和栈桥，使他们的爱情，涂抹了一些柔情和浪漫。在初夏的夜晚，它们身上开着星星一样细密的、黄绿色的花，经过树下的人们，可以感觉到它们身上的香气，在突然获得一种清新的感受同时，陷入某种以乡村为背景的事物的怀念中。怀念那些放在衣物中的白色丸子，和樟木做成的老式家具。使人恍然忆起，它们并不仅仅只是栽种在这里让人们观赏的。

香樟树代替市民安静、持久地在原处待着，而人们东奔西突，片刻得不到停歇。一个人，背负着树的名义在大地上存在着，那将是一幅怎样的景象？那些抚摸过粗糙的树皮的手指，上面也荡漾着一圈圈树轮一样的波纹，这些手指——如果我们想象成树枝的话，它们在空中忙乱地、拼命地抓取着什么？然而始终空空如也。而这些真实的树枝，它们缓慢但持久地抓住了一大把的树叶，它们的手臂永远伸向天空，保持岿然不动，但却在有力地生长。它们，始终保持着一种让人振奋的姿态存在着，直到朽腐的那一天。我们看到的香樟树，永远显得那么年轻，像是刚刚栽种下的。这不同于我们经常在村头乡野看到的活过了几百上千岁的老樟树，那些老樟树容易让人想象成“树妖”“树精”之类。而我们城市中的香樟树，它们永远是城市规划者作为未来年轻城市布局谋篇的重要棋子，它们永远被赋予着一种朝气蓬勃的、年轻向上的意义。

通常在别的城市，我见得比较多的是梧桐树。唯独这个城市比较特别，她被香樟树包围着。香樟树的精神、气息已深入到市民们的肺腑、血液里，砍伐它们，无异于与他们树敌。在我居住的这几年时间里，目睹着一幢幢老旧楼宇的轰然倒下，和另外一幢幢崭新大楼的兀然拔起，然而这些绿树们，却不曾减损。长久地与树的精魂厮守，使这个城市的居民性情“温柔敦厚”（黄庭坚语）、举止迟缓和富有风度。

然而，人们总是更容易记住那些突发的事件和标志性的建筑，而香樟树们，作为一种陪衬，往往为人们所忽视。这种误读之深，以至于本城不少的市民也变得人云亦云，而模糊了他们身上的符号。

香樟树改变了我对城市的认识，我不得不重申这个城市是很特别的，而一个尊重香樟树的城市，她本身也应该受到尊重。

如果香樟树们，象征着一种古老的文明，那么这个城市与传统是建立起了紧密的联系。她不会像别的城市一样急功近利、浅薄无知。香樟树，像花冠一样环绕着她，就是一种古老的光荣和文化的血脉在环绕着她。而传统，永远不会老去，像这些香樟树一样，在人类存在大地以前，它们就生长在那里，而现在依然在生长着，并且看起来那么生机勃勃和峭拔年轻。

基于此，我写下这些文字，并向荫蔽在城市头顶的香樟树们致意。

赣南，赣南

1

在炽热的夏日雨云间，赣南是一片阴蓝的投影。

在心理距离上，曾经，这里是远方以远——每每让流放于此的官员畏惧。在他们的意识中，赣南总可以用“烟瘴之地”“大山长谷”“荒翳险阻”诸词汇来形容。南宋熊克，在《中兴小纪》中记载这样一个故事：名臣赵鼎与奸相秦桧政见不合，被贬潮州，为不让儿子随其南下，吓唬他说，北宋时吕大防主动死于虔州（今赣州），就是为不让儿子染上南赣的瘴气。

时至今日，不知有多少赣州人会认同过去那些官员对这片土地的恐惧。当我站在赣州城外的古浮桥上，却有一个陌生人站在一扇高大的城门前的恍惚。在历史的城堡内，有多少真实的楼阁，又有多少神秘莫测、波诡云谲的雾瘴?

浮桥建于宋乾道年间，为洪迈所建。其时他知军南赣，见宽阔的章江两岸，往来极不方便，以100多艘船只用缆绳相连，铺上木板，便成为一座别致的浮桥。当年，赣江作为黄金水道，极度繁忙。为便于商船通航，每日定时开启，放船通行。而古浮桥穿越800多年的光阴，依然浮于波涛之上，今日已极为少见。

推车的、散步的、挑担的、观光的，各色人等往来于桥上。盛夏的日光在水面投下白亮的雾霜，湛蓝的光影在波涛间晃动。古船包浆着沉甸甸的时光的痕迹，锈红的铁链将船只相连，优美的弧形船头与其下的倒影如蝴蝶的半边翅膀，轻轻扇动着历史的晚风。曾经，江边古塔悠扬的风铃，让人产生一种敬畏和悲悯的心情，塔的影子倒映在江心，与天上的明月互为印证，容易使观者产生一种类似儒家的“理”和佛家的“菩提”的感触。时间粗暴的手经由狂热的人们推倒了古塔，也抹去了这样一种恭谨、宁馨的心境。所幸还有城内的古寺（寿量寺）在桃红柳绿之间，如默默倾诉的老人。

我的朋友三子，出生在赣南，他曾写有这样一首诗《寿量寺的傍晚》：

从广东南华寺出来的释瑞印，走了八百里路
他见到寿量寺的桃花，就待下不走了。
每年的春天，我都要到寿量寺看桃花
那次去得迟了，桃花没看着，穿过荒阶，
却见桃树下多了一个叫释瑞印的和尚。傍晚的
光线渐渐加暗，我们不说话，只是站着
十年了，我们还记得彼此清瘦的模样——

三子君多年来从事政务工作，但他的诗极好，是少数我喜欢的当代诗人之一。我总感觉这个过分严谨、自律的同龄人，身上有一种潇洒的士大夫气。我在心里把他的诗歌体悟为士大夫式的写作。只是我从来没对他说过。三子君是否赣南人的典型，我不知道。但他身上的这股静气，却是和这个城市相宜的。我曾经和他在古城墙下散步，就着夜色谈论佛理和诗歌，视线中的古浮桥空寂，唯有风

在其上奔跑。那一刻，我们都静默下来……

仿佛是为了对那次印象的鉴定，我再次站到浮桥上，夏日黄昏的红云在章江上燃烧，一股浓烈的古战场的气味窜入鼻孔。同行的芸，出生于另一座古城，她在古浮桥上拍照和踱蹀；在一条条编了号的船只间，逡巡时间烙下的痕迹。

三子君非常热爱这座城市，对于调入省城南昌工作曾颇费踌躇。记得那晚，在谈话的间隙，他不无骄傲地说到，有一年世界客家恳亲大会在赣州举行，几十万盆鲜花装点着这个城市，活动结束后，街上的鲜花一盆不少，赣南民风淳朴如此，可见一斑。而差不多同期的另一个城市，恰好举办了一次全国农运会，活动结束后，街上鲜花损失者十之七八，形成鲜明的对照。这个细节给我印象之深，使我对这城市的好感无缘由地多了几分。

假使说，今日中国的城市，还能让人产生一种亲切感和认同感，对我来说，不是那些摩天大厦，也不是一望无际的广场和高扬着商业旗帜的CBD，而是那些古街古巷、古建筑和古树，是挣扎在推土机旁窄室陋巷悠缓的、炉烟轻飏并且伴随着悦耳方言的小老百姓的生活。千城一面的都市，将我们这代人的趣味和想象力，已经钉上了耻辱柱。普通话所及之处，生活的民间性和多样性，日渐窘迫。对于酷爱旅游的人们来说，他们的感触尤深。从一个城市出发到另外一个城市，一觉醒来，推开窗，仿佛回到了家门前。

所谓“风景”，必然含有异质、陌生的惊喜，而我们每日生活的地方，充其量只能叫“场景”。风景在我们身边消失，以一种不易察觉而又迅疾的方式，这是很让人吃惊的。因此，那些诚恳的驴友们，不得不东渡重洋、西攀雪峰，以满足对风景的渴求。

经由古浮桥进得城内一箭之地的灶儿巷，忽然让人疲惫的眼睛如同沐浴一阵清爽的凉风。巷子很短，只有几百米，而且看得出是刻意修葺过的，但是仍然让我产生一种拥抱的冲动。如同在繁华的街头突然瞥见一个穿青花图案的旗袍女子一般。街由鹅卵石和青石板铺成，两边店铺民居清一色明清建筑，在当年，这里，类似的巷子和街道何止百千条？人对亲人的认同感基于血缘，而对环境和文化的认同，隐含着一种类似于“血缘”的基因密码，这是无可置疑的。

一位短褐穿结的男子——一望而知是我们这个社会最底层和最潦倒的一类人，主动向我们介绍起来：灶儿巷也叫皂儿巷，因过去是衙役皂隶住的地方，故有此名。我们转到刻有“竈兒巷”（灶儿巷繁体字）拱门背后，看到青石上果然镌写着“皂兒巷”几个字。

灶儿巷的建筑是典型的赣派和徽派建筑的混合体。黑瓦白墙，飞檐、雕窗、花楣。在这里很能想见一种中国式的生活方式：缓慢、自足、精致、和谐、愉悦——因此，除去那些战乱，我认为中国过去老百姓的生活，总体上是愉悦的。与和平的时间相比，战争所占有的长度毕竟有限。我在灶儿巷拐角一棵大树旁矗立良久——是樟树、枫树、抑或梧桐树？已经记不清了。但那棵大树在青石地上投下一抹浓荫——发黄的木板门内，能窥见天井里红红绿绿的晾晒衣衫、青翠的植物，洗衣池上落下晕彩的光线和后面黝黑的空间——记忆的闸门刹那间打开：我分明看见童年的场景。在老家赣西县城，也有这样一条街巷，和里面的陈设。眼前一切如真似幻，它的存在是在告诉你它的逝去。

南京现存古城墙建于明朝，西安、荆州的城墙也是明代遗迹。而赣州的古城墙却是宋代的，“熙宁二年”字样的铭文砖，垒砌在青灰的墙体间，恍然让人顿生敬意。这样一座宋代古城墙，国内是为孤品。大文豪苏轼被贬岭南，路过赣州时写下“涛头寂寞打城还，章贡台前暮霭寒”的诗句，而南宋辛弃疾郁郁北望，壮志难酬，在赣南任提点刑狱时也曾写下“郁孤台下清江水，中间多少行人泪”的词句。八境台、郁孤台如忠臣孽子的泪滴，洒在宋城这件衣衫上。

1939 年 3 月，蒋经国来到赣南，任江西省第四行政区督察专员兼保安司令，1945 年 2 月离开，前后达 6 年之久。蒋经国在赣州人的口碑中是不错的，他推行“赣南新政”，在移风易俗、军政教育、经济工商等方面都有所建树，也为他后来在台湾的施政作了试验。蒋经国当年仿照《朱子家训》的韵文和格律写就的《新赣南家训》，深入到寻常巷陌的百姓头脑里，一些耄耋老人至今还能背诵出来。巧合的是，赣南，也是新中国的摇篮，中共苏维埃政府在赣南的建立，被追溯成新中国政权的雏形。

在典籍和民间记忆里，赣南一度是充满血腥、野性和粗粝感的——如同一个肌肉碎裂、髭须横陈的暴客。当时间之流逐渐带远一些记忆，赣南曾有的粗重气息，仿佛为而今的温婉、淡雅之气所替代——如同一枚有着粗糙纹理的土陶，渐渐幻化为一只釉色清丽的瓷碗。我们深陷于时间的迷宫中，既成为局外人，也成为局内人。

2

赣州古城的砖墙，如同写实画家的笔触，勾勒了一段历史的轮廓。

建炎四年（1130），赣州城内发生了戏剧性一幕——突然驾临的隆祐太后，导致了一场涉及军队、随从侍卫和赣州城内百姓的冲突。徐梦莘在《三朝北盟会编》卷 112 对这次事件做了有趣的记载：隆祐太后到赣州后，官私和财务散尽，卫军用轻薄不合格的钱在市中买物不售，而引起军民相争，冲突升级后，虔州乡民众志成城，表现出强烈的维护地方利益的意识，乡兵首领陈辛纠集数万之众围城，太后震怒，发话免其罪让他退围，俱不听。最后从别处调集部队击溃地方武装，才解除了危机。

不得不说到隆祐太后入赣的缘由。建炎三年，高宗移跸健康，撤帘后的隆祐太后也随后到达。八月，金兵大举南侵，旨在一举消灭宋室。高宗让隆祐太后出江西躲避，金兵穷追不舍，一直追到吉安，随从官员刘珏让农夫肩舆太后到虔州，方才摆脱追兵。

当太后来到这片“烟瘴之地”，已无暇去仔细查看这片被士大夫所描黑的江南庳薄之乡，惊魂未定之余，首先感到吃惊的，竟然是虔州乡民如此作乱犯上，不把她放在眼里，可说是闻所未闻的。乡民们敢于同官府对抗，显然不是初次，一定源于他们根深蒂固的传统。因此，他们早有“虔寇”的恶名。“虔寇纷纷”也常见于官员们的上奏文书中。

曾任江西安抚大使李纲，认为赣南“虔寇纷纷”——是因为“虔地地险民贫，风俗犷悍，居无事时，群出持兵，私贩为业……”（《宋丞相李忠定公别集》卷十五）

虔州民风强悍，因为和维护他们自身的生计——“私贩（盐）”相关。贩卖私盐，显然已成为当地百姓世代相袭的职业。而这也成为政府头疼的问题。因而“虔寇”有时又可叫作“盐寇”。宋代对食盐实行专卖制度，政府垄断经营，私人贩卖，属于犯法。每个行盐区有着严格的界限，如越界贩卖，则为私盐。当时虔州属淮浙盐区，而与虔州相邻的广东，属于广盐区。但是虔州离淮路远，而从广东运盐路近而价贱，可获厚利，导致“汀、虔州人，多盗贩岭南私盐”（《宋会要辑稿》）。虔人南出广东，私贩食盐，经常要走夜路，大山巨谷之间，虎啸猿啼，为吓唬老虎，他们唱着一种“过山溜”的高腔民谣给自己壮胆。

赣南地理环境，对民风的形成不可忽视。虔州地处赣江上游，“南抚百越，北望中州”，东部武夷山脉，绵延赣闽；南部九连山脉，颠连粤北；西部罗霄山脉，盘踞湘赣。因地理位置险要，回旋余地很大，而官府的力量往往又很难到达，常常形成一个相对自由的独立王国。唐末爆发黄巢起义，南赣脱离中央政府控制，而代之以地方土豪卢光稠统治，成为一个割据之地，直至被吴国和南唐所接管。宋明时期，如何解决地方势力与王朝的对抗，总成为执政者比较焦虑的事情。因而，“剿匪”，又成为一个经常挂在嘴边的词。

南赣民风犷悍，匪患不断，历来难以治理。事实表明，动乱的缘由，并非百姓天生反骨，而是官府横征暴敛，民不聊生，加上这里离皇权较远，容易为有势力的地方头目所掌控，于是一呼百应，啸聚山头。

至明朝正德年间，南赣包括福建、广东、湖广的匪患，已到了非常严重的地步。历任南赣的地方官，总是称病请辞。实在没有办法硬着头皮上任的，也是战战兢兢，对待匪寇毫无办法。这无疑助长了山寇的气焰。直至王阳明的出现，局面得到暂时性的改变。

那年王阳明 45 岁，此前他尸位素餐于闲职，一直没有建立功业的机会。忽一日，因兵部尚书王琼的举荐，突然被朝廷任命为南赣佥都御史，负责剿匪。

阳明岂是凡人，对于这个稍显迟到的机会，他的行为有些不合常规——非但不感谢“圣主”，反而耍起性子请辞。他思索半个月后，上了一道《辞新任乞以旧职致仕疏》。递上辞呈就从南京往老家山阴走——请辞的理由是：看望奶奶。这个理由显得那么矫情。请辞自然被驳回。兵部又下一道批文，催促他上任。王阳明继续等待，又过了半个月，吏部再次下文，他才动身从杭州南下。这一走，就是五年。

与他的前任不同，王阳明是带着“民吾同胞”的情怀来到赣南的。那里既是他的战场，也是他思索、传播心学的试验场。作为一个大哲学家，王阳明并不信奉武力，他说“莫倚谋攻为上策，还须内治是先声。”他重视乡约制度，推行十家牌法，使百姓之间互相监督和牵制，从制度上革除通匪的空间。而行军打仗之余，大讲“心学”，发明良知。因此，王阳明到赣南后，书院、学社兴起。他真心诚意地做教化工作，以大儒的襟怀，推行知行合一。在重视嘴皮子功夫的传统儒者当中，他的形象是非常独异和醒目的。

他有句名言，“破山中贼易、破心中贼难”。王阳明剿匪不为杀匪，而是安置、教化，杀是为了不杀。以最低的成本、最小的牺牲，来换取地方的长治久安。他每到一处剿匪，总是将击溃的匪徒作为良民安置，给他们良田，让他们成为“新民”。为了防止匪患死灰复燃，他先后在福建漳州设立平和县，在赣南设置崇义县，并设立学校，通过教育解决“心贼”问题。

王阳明是个真诚的哲人，也是个理想主义者。他重视过程和效果，并不是满嘴跑火车百无一用的腐儒。某种程度上来说，他精于“心术”，甚至有些“狡诈”，但他心中装着大爱、大智、大慈悲和大勇敢。

在平三浰池大鬓时，下属希望调集广东狼兵参与会剿，他不同意。认为狼兵所过如剃，荼毒百姓胜过土匪，只会激起更大的民怨。他从心里想归化匪寇。于是给山洞里的贼寇送去牛、酒、布匹和银子，并写了封《告谕浰头巢贼》，动之以情地进行思想改造。他大打心理战，先将匪徒加以区分，说我得知你们首恶不过四五十人，党恶之徒不过四千余人，其他都是胁迫的。如果我骂你们强盗，你们肯定发怒，说明你们也以此为耻，那又何必心恶其名而身蹈其实？你们辛苦为贼，所得也不多，甚至也有衣食不够的，何不用为贼的精力用于农耕、商贸，过正常的舒坦日子？不是我要杀你们，是你们使我们良民寒无衣、饥无食、居无庐、耕无牛。若你们顽固不化，逼我兴兵来剿，便不是我杀你们，而是天杀你们。你们是我的同胞，我的赤子，我不能抚恤你们，而至于要杀你们，真是痛哉痛哉！行笔到此，不觉泪下。

这告谕，写得情真意切，感人肺腑，但又绵里藏针，软硬兼施。

很快，瑶族酋长金巢、卢珂等人率部来降。贼首池大鬓也被王阳明弄得心里慌慌，不知王阳明究竟如何想，便带着 90 余个剽悍的小头目假意投诚，前来探听虚实。王阳明留他们在赣州，给他们穿上官兵的衣服。贼首刺探之后提出要走，王阳明强留他们在城中过年。当发现他们确是贪婪残暴之徒，无法改造，且听到百姓对他们恨之入骨，责王阳明的礼遇无异“养虎为患”时，才痛下杀手。

正月初二，他在府中设宴，安排甲士晚上潜入。临近中午时，王阳明还不吃早饭，为自己无法感化贼首而悲痛不已，直至头痛大眩晕，狂呕一阵。王阳明内心感情丰富如此，实属罕见。

某种程度上来说，王阳明在赣南剿匪，成就的是他个人的功绩，随着他的离去，匪患重新燃起，终明之世，赣南地方盗贼仍很猖獗，在明清易代之际，更是进入了全面动乱。为此，曾任兴国知县的海瑞就说，阳明削平贼巢，靠的是诈术，并未使盗贼完全心悦诚服。虽然刻薄，却也接近某种实情。

北宋庆历年间，理学家周敦颐在南赣任司理参军，二程（程颐、程颢）之父程珦任兴国知县。程珦让二程随周敦颐学习理学。因而后人又将赣南称为“先贤过化之地”，这也算是对赣南“虔寇纷纷”形象的一种纠偏吧。南宋之后，赣州书院兴起，“道源书院”“濂溪书院”等先后建立，“被服儒雅”，又成为赣南的另一副表情，成为接受王朝教化，推崇礼乐的一种象征。出生于吉安的南宋状元文天祥，曾在赣州任上说过这样一段话：

> 赣去吉一水三百里，而气候风土习俗事事不同，未春已花，才晴即热，山川之绸缪，人物之伉健。大概去南渐近，得天地阳气之偏。看来反不可以刑畏摄，而可以义理动。

文天祥以亲身经历说明赣南百姓愿意接受义理教化。只是地方土豪出于自身利益，与官府采取一种既对抗又合作的态度，以达成自身利益的最大化。这是赣南匪患难以消除的根本缘由。

王阳明在赣南，受业于他门下的弟子不可胜数。他在赣南完成了心学的创建，并通过事上磨炼，检验知行合一功夫。他的代表性著作《传习录》上卷，在赣南完成并刊刻。在这片“先贤过化之地”，王阳明留下了深刻的足迹。

3

“梅止行人渴，关防暴客来。”这是大余梅关通往广东南雄官楼上的一副门联。雄关漫道，可以阻止盐寇的脚步，却无法阻挡元人的铁蹄。徘徊于这条古驿道上，满目沧桑。时令正值盛夏，岭道两边的梅树，与各色杂树混为一片，郁郁苍苍，一碧万顷。唯有黑黄的枝干显示出一种苍老和遒劲。层层铺叠的青石板上勒下深深的马蹄，青苔漫上石道，显示出一种人迹罕至的偏僻和幽静。

曾几何时，这里是繁忙的驿道。从北方来的商贾、仕宦、流民，将这里充塞得水泄不通。站在官楼上，可以望见山下南安县的万家灯火，更可以眺望远处章江上舟楫往来、帆影点点。章江从这里发源，流到赣州城内，与自东南而来的贡江合为一流，始为赣江。自此浩浩荡荡，一路向北，流到鄱阳湖，再入长江，汇入东海。自赵佗率秦军打通这条关隘后，唐代张九龄又用两年的时间，以青石和卵石修筑、拓宽道路，使之成为经略岭南的通道。南来北往的旅人沿着京杭大运河入长江、经鄱阳湖沿赣江一路来到大庾，便下船，以马代步，或以挑夫，翻上山岭，经梅关进入粤北，再沿着珠江一路往南，直向大海。因此，这条黄金水道，也被称为“水上丝绸之路”。

可以想见当年这里的繁华。而今盛况不再，科技的发展，带来交通的变革。陆路铁路航空，改变了过往依赖水路的格局。物事盛衰，自有其道。无论是曾经的金戈铁马，还是商贾经贸，都已化为历史的云烟。我们一路行，一路回望，苍茫古道上，唯有几个采风漫游的文人。

而这正好可以静静地咀嚼历史的余味。可以呼吸那些消散的古人的气息——我坚执地相信，再往前走，走到密林深处，便可以遇见青衣白绸的古人，或吟风弄月，或仰天长啸，或奔走呼喊，或狂歌哭泣……

当我走在这条路上的时候，一直在默念着一个人的名字。当年他率领数万义士，勤王起兵，在此打游击，与如日中天的蒙古元兵，展开殊死搏杀。赣南的每一处，都留下他征战的痕迹。而当年，他高中状元，意气风发，史书上称他“体貌丰伟，美皙如玉，秀眉而长目，顾盼烨然。”（《宋史·文天祥传》）他是个忠肝义胆的美男子。数年后，宁死不降，被杀于元大都柴市，留下“仁至义尽”的绝笔。

文天祥，这个曾为政赣南，称赣人可以义理改造的人，日后带领数万赣州、吉州义士——其中有土豪、乡绅、文士、侠客、贼寇、流民、僧侣、衙役……组成了一支义勇军。这支勤王之师中，有不少人留下可歌可泣的美名。如邓光荐，既是文天祥年轻时的好友，也是《文丞相督府忠义传》的作者。当文天祥金榜题名，高中状元时，这位天祥的好伙伴却在吉州长期过着隐士生活，朝廷多次征召他为官都不应。国难当头，他却挺身而出，追随文丞相出生入死。如王炎午，安福人，太学生，响应天祥勤王。而当天祥抗元失败，被捕之后，他却在押解文天祥的官船经过吉州时，在码头、山墙上贴满了一篇千古未见的《生祭文丞相》祭文，劝这位同志速死。

苍莽的赣南山间，那些曾为官宦胆寒的“虔寇”们，也纷纷响应勤王之令，成为王朝天国坚强的捍卫者。《宋史·文天祥传》载：

“天祥捧诏涕泣，使陈继周发郡中豪杰，并结溪峒蛮。”这里的“溪峒蛮”，就是居住在赣南及闽、粤、湘、桂毗邻处的畲、瑶和苗族。汉人文献贬称畲族、瑶族为“南蛮”“峒蛮”“峒獠”，贬称苗族为“苗瑶”“苗峒”等。文天祥对这批熟悉地形的少数民族百姓，委以重任，成为抗元的奇兵。

可叹的是，以大宋文明之登峰造极、经济之繁荣昌盛，终不敌元人的金戈铁马，王朝轰然坍塌，令世人震惊；而文天祥以其忠肝义胆，也难力挽狂澜、无力回天。终在海丰的五坡岭被偷袭的元军俘获，并押解过梅关，下珠江，亲见最后二十余万宋军在崖山惨烈战败，阵亡者十数万，跳海自尽者十数万，使天祥“痛苦酷罚，无以胜堪。”

当年文天祥被押解过梅关，心如刀割，悲摧痛惨，吟下这样的诗句：

梅花南北路，风雨湿征衣。
出岭谁同出？归乡如不归。
山河千古在，城郭一时非。
饿死真吾志，梦中行采薇。

斑驳的梅关旧道上，旌旗蔽日的烽烟、破碎的衣襟、嘶哑的哭喊——已化作虚无。青天白日下，是静若处子的山川，是千年未改的梅林。是在日晷之上变幻莫测的时间的表情。

——而当年的南安军和虔州，早已合为赣州。近千万赣南人生活、栖息在红色丘陵的褶皱间。烟瘴之地、虔寇之乡的恶名还有几人记取？因“五胡乱华”“安史之乱”“北宋灭亡”，大量北人筚路褴褛，远涉来此，开基立足，始为客家人。那些战火中幸存下来的围屋、寨堡、宗祠，成为凭吊故土、心系中原的遗迹。

大江北去——

想见文天祥、王阳明诸豪杰，于百死千难中，驰骋南赣，留下一段正气沛然的功业和佳话；也想见中土的汉人，入虔州，出雄关，经闽粤，下南洋，其坚忍不拔、生生不息的图景如在目前。

飞渡赣南客乡

一、旧屋

那一日，我们站在一幢旧屋下，仰望蓝瓷瓶一样的天空，内心变得异常安静。

潮湿的院子，青绿色的苔藓沿着灰色的墙根往上蔓延，旧腐的木头——挑梁、雀替、圆柱、窗棂、隔扇，显示了时间对它们的伤害，而它们表情寂静，随同废弃的屋子、随同那些青石、砖头，一同在过去的时间里沉沉睡去。他们真正的主人——据说姓黄，名承英，十七岁丧父、无兄弟，凭借着赣南客家人的勤勉上进，发展成为当地一家大户。他的子孙亦绵延至今，香火不绝。只是他们大约也不在这旧屋中居住了罢，而新盖了水泥框架、瓷砖贴墙的新房子，奔向新的生活。这旧屋成了观光客凭吊旧时光的所在。

我们正是这样一群观光客，坐在后屋的天井中，看迷蒙、幽蓝的光线细雨般自黝黑瓦檐间落下，感叹物转星移、人事全非。同行者何人？座中有德高望重的长者，有沉默娟丽的女士，有性格豪迈意气风发的男子。

我幼时故乡也有这样的旧屋，那时，尚不知外面世界的屋子是什么样子。以为那屋子原本就是这样的。我们嬉戏、沉睡、游玩在这静谧的屋子里，时常会看到大人举着火烛在香案上燃起，那中堂上供奉着祖先的画像和伟大领袖的年画。往往是几家合住一个大屋，中间是宽敞的厅堂，格局和这客家民居略有不同，没有天井和厢房，但是房子里悠远绵长的气息却是一致的。

只是那样的旧屋在日后的时光里被加速地摧毁了。随同旧居的倒下，原先一个个盘亘了上千年的村落也瓦解了，那样一种由家族、血亲构筑起的人伦关系也坍塌了。人们在加速地抛弃“陈旧”的东西，只是迎来的一个个新事物，变本加厉地使人心变得空洞和野蛮，那由旧屋、土路联系起来的温柔村落，变得碎裂、僵硬和冷漠。

黄家大屋，让我恍惚间有回到旧时光的幻觉。似乎看到，在清凉的光线里，一群孩子光溜的屁股滚过高高的门槛，他们互相直呼名姓，在厅堂里奔跑、欢笑，那门梁上的对联、诗句、格言，那端庄、平朴的案几，那洁净、勾缝的砖墙，那黝黑结实、鎏金描画的桌椅——将教会他们懂得人生的悲欢离合、仁慈恻隐、忠孝节义、相亲相爱，他们的身体和心灵因为这静穆、沉实的旧屋的双重庇护，而得以沐浴着源流上的文化和血液，迎风成长。

读古人书，读到“而庭阶寂寂……三五之夜，明月半墙，桂影斑驳，风移影动，珊珊可爱……”（归有光《项脊轩志》）内心忧郁而怅然。

二、源头

石寮岽。一个殊异的名字，但它和你我的生活息息相关。

这武夷山脉江西石城县、瑞金市和福建长汀县交界处的高山密林间的小豁口，是赣江的源头。如同这个省份人民的温柔敦厚，它仿佛害羞的少女，未经世事的惊吓，惯于隐藏在人迹罕至的山麓。

这份郑重和矜持，赋予了八百里赣水母姓的恩慈和隐忍。一如赣南女子头巾蓝印花布的色泽和芬芳。

流经我们童年门前的小河，对于我们是一件大事。我小时，尚不足以看到更宽广的水域，夏日里每天浸泡在水中，被水洗刷掉的不仅是污垢，也有成长的青涩。终于长大成人，要离开故乡，发现水浅了、枯了、干涸了，类似于母汁。突然警醒，我们的长大，是以付出一条河的生命为代价的。那河流的枯竭自然还有其他人为的因素，复杂、隐痛，一言难尽。

我们直到自己娶妻生子，成为父辈之后，才会真正去思想源头。

这是我们共同的悲哀。许多事情，非要经历到这个年龄，才会醒悟到这个事情的含义。古人说，三十而立，四十不惑，诚哉斯言。

我们驱车寻访石寮岽。一脉山泉自峡谷中跌落，惊慌失措，且又掩饰不住的欣喜，那是一个少年的表情。山间植物，散发着浓烈的香气，枝繁叶茂，疏影横斜，清凉而葱郁。点点粉色、红色花朵站立枝头，色彩也是一样的端庄、素朴，和城市栽种在花圃中艳丽的花朵有着天壤之别。

昔时读古人诗，最喜有豪气和义节的句子，恰如清流下面的卵石，圆润中藏着刚毅。文天祥在惶恐滩头的咏叹，苍茫赣水难掩一烈士对家国、身世的飘零之痛，其音慷慨，其声铮然。历史轮回到明末，也是汉民族政权在异族的攻克下巢倾卵覆，明末四公子之一方以智（其时出家在吉安青原山近十年），因案发，亦在惶恐滩投江自沉。不是为一个王朝，而是为着一种文化殉道。类似者还有王国维。

循着赣江源头北上，几可见证一部宋明以来的文化历史。其浩瀚与博大，已超越于赣水之上。只是近代工业文明以来，传统文明不可逆转的衰败，与现代物质文明的繁盛，构成一幕舞台镁光灯和幽深背景下的戏剧。

转身。回望我们的文化源头，苍茫烟雨中……

三、民谣

参观一处民居，看到墙上一童谣，觉鲜嫩可爱，抄录如下：

大月光，细月光，
两只狗子爬砻糠，
爬到一块姜。
拿登婆，
婆在灶背炒田螺。
拿登公，
公在楼上打灯笼。
拿登嫂，
嫂在间里捉跳蚤。
拿登叔，
叔在山上斫乌竹。
乌竹尾上有条蛇，
吓得叔子眼俩家。

这是一首典型的客家民谣。其质朴生动，乃如旧时街巷遇一背背篓、着靛蓝土布裳的老妪，手牵一穿红肚兜的白净稚孩。

赣南客家童谣，多写有月光、蛇、新人（新娘）、虫虫、鸡婆、竹林，山乡丘陵的生活如在目前。

客家方言保留了不少古音，其文明的脉络来自中原。晋代以来，不少北方门阀士族为避战乱，纷纷举族南迁，他们越过长江进入鄱阳湖，逆赣江南下，第一站到的即是赣南石城县，经由此，他们继续往南赴闽粤，下南洋。江西自古以来就是一块伤别离的土地，既慷慨地接纳中原的流民，又在明代洪武年间，经鄱阳湖瓦屑坝移民百万计赣人至湖北、湖南、安徽等地。南迁北渡，泪湿长襟，唯有家族的故事和清澈的童谣口耳相传。

无法想象，大湖边，期待上岸和等待启程的先民，那样一种复杂、隐痛的心绪。满载尘埃和碎碎马蹄的渡船，落下布帆和星光，前方眺望的南方平原和远处的隐约山脉，如此陌生……抑或是在黎明的露水中升起篝火，背负祖宗的牌位在湖畔长跪不起，哭声呜咽，被凛冽的晨风吹向远方的湖面……

——而这一切，在一个孩童的眼眸中，在他夜晚竹床边对着月光不解的思量中，如影如魅，如传说和幻梦！祖母的歌谣，在孩子的耳边催眠，只是这歌谣愈益强化着世界的神秘和动荡。

灶角一只鸭婆呱呱叫；
灶角一只蛇，以为是你爷；
灶角一把台扫，以为是你娘姥；
灶角一脚盆，以为是你舅婶
……

对一个幼稚心灵的最初哺育，即从这民间歌谣始。这单纯、生动的音律中，回荡着农业文明清凌凌的波光，倒映着家国血亲最初的图像，也萦绕着仁义礼智信隐约的回声。这简洁明快的童谣，和中华民族最初的文化记忆有着难以割舍的交集。

往时童子发蒙之时，诵读：

昔我往矣，杨柳依依。今我来思，雨雪霏霏。

虽非此童谣，但是其情思、意象亦然。

四、信仰

赣南客家人民信奉祖先大于宗教，敬畏道德、自然大于权势与财富。

对先祖的追远慎终落实在仪式化的行为里，譬如大量修建宗祠，举行繁复的节庆和民俗，厘清谱牒，对身世源流一清二楚，丝毫不紊乱。一条不断的血脉成了他们最深刻的信仰。

石城县琴江镇兴隆村镇武楼东侧，有座建于宋代大中祥符年间的庙宇，叫“后稷庙”，供奉着客家先辈为尊祀太古时期的先祖“后稷”。为砖木结构，内设有正殿、庭院、厢房和戏台。古庙大殿为穿斗式木作梁架，梁倒板绘有龙、麒麟彩画，木柱砖石上亦刻有动物、花草。古人建筑，多喜绘画（或雕刻）吉祥图案、戏曲人物、四时花卉、八仙故事，洋溢着喜庆和热闹的氛围，显得和自然格外亲和。这一点和西方建筑不同，西方建筑多以雕刻、绘画宗教故事为主，殉难或悼念，显得格外森冷和紧张。

更多的祠堂，则尊卑有序地记载着族人的荣耀，以激励后进。譬如，坐落在长溪村的赖氏宗祠，明晰地记载着该村祖先，来自中原颍川，300年来，宗族名人尽悉记载。通常，客家人在宗祠里，以悬挂堂匾的方式来表明、记录家族里的优秀人物。长溪赖氏宗祠，就挂有这种牌匾几十幅。

祠堂又是学子读书的课堂，抬头仰望间，在溟濛的光线里，那些鎏金的名字刺激着上进的幼子。那些聪慧、有抱负的学子，自然不待扬鞭自奋蹄。

中国古代读书人，也就是士人，虽同今人一般，大多没有宗教信仰传统，但是在他们浸润、接受民族文化始，便已在其灵魂深处播下具有共通性的价值观念、道德意识、政治信念的种子，所谓“集体良知”。这一信仰，支撑着他们报效国家、匡时济世。尤其在一个朝代崩溃的时候，“遗民”自裁、不仕、逃禅现象普遍，成为中国文化之独特景象。

而这颗种子，即在读书的祠堂里业已种下。

在几千年的文化长河中，它已长成一棵蔚为壮观的大树。近百年来，虽诋毁者有之，伐木者有之，而其依然立于狂风中不倒。

客家祠堂隐没在民居里，左右房舍勾连着瓜棚豆架，蛱蝶飞舞，鸡犬相逐，有翠绿的柚子树或布满针刺的枣树，在日光下投下一抹清凉的影子，寂静的池塘里，荷藕长得清新可爱，这日常的生活景象里透露着满眼生机。

而中国人的信仰有时亦如这寻常景象，平凡物事。

且认他乡作故乡

1. 蜿蜒盘旋的幕阜山伏峙在赣鄂两省交界处。在这山峰一侧，长江奔泻而来，恰如蛟龙、利刃在地理上横空游走。这一隐秘、晦暗的交界线上，中国文学奇峰异起，有我喜欢的苏轼、黄庭坚、白居易、陈寅恪……庐山，在幕阜山余脉东端，如奇丽的诗句肃然耸起，一山孤傲，俯视着苍茫、平阔的赣北平原。

或许是巧合，上山那天，正是我 38 岁生日。住进庐山国际作家写作营，别墅村宾馆台历上，正翻开“6 月 16 日”这页，记载的是 2004 年 6 月 16 日，国学大师陈寅恪 113 岁诞辰之日，其夫妇墓合葬在庐山植物园的事迹。脑袋里当即轰响了一下，仿佛黑暗中一道亮光“唰”地刺透内心。不敢和陈寅恪先生攀附，但是对于这位乡贤却一直存有最高的敬仰，对于他“独立之思想，自由之精神”，依然认为是我们这个饱经沧桑的东方大国艰难求索之大道。

正是初夏时节，是唐人白居易所说“人间四岁芳菲尽，山寺桃花始盛开”之后，室外云蒸霞蔚，山树参差，宛若琼台。

大雨刚停，午后的阳光有线装古书的温良；仍然有些微的耳鸣，几十里之外，长江依然在呼啸奔流。

2. 电视里，世界杯足球赛正如火如荼，江南的大雨也将许多县城淹成水城。

每一刻，世界都是喧嚣和不安的。狂欢和惊惧如影随形，未曾剥离。

而我此刻，却在这宁静的山巅，享受着夏日清凉的抚慰。我们住的这幢石头房子，是西式老别墅，有一百多年历史了。青苔和山雨使它的外墙与大地混同一色。室内的布置，仍可感觉到二十世纪六七十年代的余味。然而，就在不久前的几十年间，这片国土上经历的荒谬、动乱的情景，就在这里的老房子里发动着。对于再没有历史感的人来说，作此联想，也会感到头皮上的阵阵寒意。

然而，在更长的历史里，在“浔阳江头夜送客”的凄凄夜雨中，在“横看成岭侧成峰”的豁然醒悟中，在“松门松菊何年梦”的哀愁怨幽中，这里的一草一木，一山一石，都承载着远比这几十年间发生的一切更厚重的余韵。

无论是拈花微笑的过客，还是笼鹅临池的书家，无论是口念梵语的僧侣，或是金发碧眼的洋教士，都敌不过这里的一山一石、一草一木。所谓历史，恰如这崖畔朝起暮落的云霭，羚羊挂角，了无踪迹。

而山川草木依然。

3. 据说花径原为“白司马花径”，是贬谪江州的白居易和友人游玩时，所发现的。

池边戏墨，《大林寺桃花》是我书写较多的一首。每次挥毫，都感觉到白诗里那种阳光充溢、华枝春满、心绪幽转的意境。“长恨”二字，如掷入水池的石子，在诗章里荡起涟漪。忽然想到，今人已多不“长恨”，只有“小怨”和“小怒”，原来“恨”也是要有柔情万种的胸怀和宽厚绵长的精神作支撑的。现代人在钢筋水泥、网络电视的囚禁中，离自然的草木和大地的元气久矣，唯有苦闷和焦虑。

然而大凡梦想照进现实，总是会变形和走样。花径在白诗的书写中，那深邃、明艳的林径，松门静幽、暮鼓晨钟的古刹，在现实版的林间，其实只是一道普通的山路。

依然游人如织，依然“长恨春归无觅处”。

对户外生活的向往，是每个宅男宅女的幻梦。对于一个久居室内的写作者来说，风景就是他熟悉的床榻、书桌、卫生间、镜子、书架……这些静止的、内在联系着的物件，构成了他毕生眺望的景致。而台灯和阴影，则是风景里忧伤、晦暗不明、心绪纠缠的部分。闪亮的镜片、水果刀，褶皱的床单，摊开的书籍（如打开的身体），欲望和禁锢，在头脑的书写中构成远方的风暴。然而这一切只和自身有关。

室外炫目的阳光容易灼伤一个诗人的眼睛，如果每个写作者都是广义上的诗人的话。那绚丽的户外风景，在对诗人构成最初的诱惑和惊喜之外，则是嘈杂的人群，不能适应的反复走动的疲惫，自然看似亲和却无法真正拥抱的距离，使一个诗人陷入了困惑。

旅行，对一个诗人来说，是多么奢侈的梦想。我知道，我期待的，依然是，尽快地回到自己的小屋中，坐在桌前书写或者发呆……

4. 在我写作这篇短札时，一只蚂蚁爬上了我的电脑。

起先，它是在我发呆的时刻，沿着蓝色的网线，爬上了键盘。像一个头脑灵活的孩子，这只红褐色的蚂蚁，好奇地、不乏惊喜地转动它的脖子，头上的两根触须像天线一般在前头试探。它动作谨慎、然而步伐敏捷地在键盘的字母键旅行着，就像它不知道我这个观看者的感受一般，我也并不了解它的想法。这小小的使者，在海拔一千余米高的庐山顶上，它的出现，使我的思考获得暂时的停顿。

在写作的间隙，接到北京一家出版社的电话，询问一批寄出的书籍的下落，天知道那个物流公司在南昌郊外一个什么地方：“将军渡”，一个我陌生的名字。几天前，物流公司一位女性不耐烦地催促我前去领取。而我至今滞留于此，心里不免生起一丝焦躁。

蚂蚁沿着键盘游走，它的步伐越来越快，并且走到键盘边缘往下观望，笔记本在镜前灯的照射下，在黄色的桌案上形成了一道深色的投影。或许是因为笔记本底部四个凸点形成的空隙，蚂蚁一时找不到出路，它又回到键盘中间，在几列字母键中左顾右盼，在我的指肚和键盘的摩擦出的细微的纹理间，寻找和试探。

只有如此安静的山巅，在一个古堡似的石头房子里，才能突显一只小小蚂蚁伟岸的身躯。并引起我强烈的好奇心和专注的观看。

然而几日来在庐山的逗留，一些溢出记忆篮筐的画片也闪烁在眼前。我记得，我们上山的时刻，正逢端午节，在狭窄、弯曲的山道上，我们的中巴车不时地和一辆辆疾驰而下的汽车相遇，这些车的车身都贴着相同的标志。是一群自驾游者组织的车队。

晚宴席间，东道主举杯说："他们的车队有几千辆，当第一辆车开到山顶时，最后一辆车还停留在九江大桥上……"

我没有深思这句话意味着什么。但无疑地我被当时那支庞大的车队所震撼，不是为车队本身，而是为这些驾驶者的动机。

那天晚上，我们几个人，出于不明就里的原因，走进了电影院，观看了一会儿那部播放了三十年的老电影《庐山恋》，尽管克制，大家还是发出了笑声。不是被表演者的技艺所感染，而是被一种恍如隔世般的矫情、造作所逗乐——这让我深深疑惑，我们究竟是在怀古，还是在观看荒谬？

那晚，大家彼此间还有些生疏，走在一个陌生的山顶，在本该属于星空、山风和夜幕的山头，却像走进一个繁华的市镇，在洗脚屋、专卖店、宾馆和餐馆密布的山头，在平缓的斜坡上，看到我们荒漠的影子落在沥青路面上，两边店铺的灯光明亮，不多也不少的人在光影里晃动。

5. 出于一种敬意，我在陈寅恪墓前肃立了几分钟，但没有拍照留念。

对先生的作品所读甚少，却没有理由地狂热地成为先生的粉丝，不能不说是奇怪的。

我想，陈氏一门家族的人，都有着执拗、不妥协的性格，都有一把让人钦佩的硬骨头。

十三四年前，我曾经在先生老家修水县参加一个诗会，去先生故居看过，遗憾的是，那时我对先生还不甚了了，至今没有留下印象。

先生去世后，本想葬在西湖边，和父母的墓在一起，却遭到西湖风景区的拒绝，说是景区不能葬——这使我对西湖本来怀有的好感大打折扣。此后，他的骨灰一直存放在女儿家里，历时二十多年。因为黄永玉先生的提议并牵线搭桥，陈先生的墓才得以葬在他的侄子、著名植物学家陈封怀曾任园长的庐山植物园。

回到宾馆，重新找出先生的诗句《怀故居》：

渺渺钟声出远方，依依林影万鸦藏。
一生负气成今日，四海无人对夕阳。
破碎河山迎胜利，残余岁月送凄凉。
松门松菊何年梦，且认他乡作故乡。

6. 让我着迷的，不是庐山吊诡的政治风云，亦不是西洋传教士留下的西式老别墅。

而是一些似是而非的传说、一些历史罅隙里生长的野花野草。据说，东晋大书法家王羲之曾在这里留下足迹。他在庐山期间，喜欢在山水间游览、养鹅和书写。王羲之书法达到的高度，依然前无古人、后无来者，他俊利流美的书法，非天生妙腕不能写出。

他从鹅颈转项和鹅掌的拨动中，洞悉了书写的秘笈。对鹅的喜爱超乎寻常。

据说有一次，有位山阴道士养了一群漂亮的鹅，王羲之见后，顿时倾倒，想要买下。狡猾的道士却让他写了一幅《道德经》作为交换。

为此，李白有诗云：

右军本清真，潇洒在风尘。
山阴遇羽客，要此好鹅宾。
埽素写道经，笔精妙入神。
书罢笼鹅去，何曾别主人。

又说，慧远和尚在庐山成立“白莲社”，多次邀陶潜、陆修静前来畅谈义理。一次，送客至虎溪，依然谈性正浓，这时慧远驯养的老虎发出吼叫，三人乃相顾欢笑，欣然道别。这是有名的“虎溪三笑”。

其实，慧远、陶潜、陆修静虽同为东晋人，但并非同时，慧远去世时，陆修静仅十岁，陶潜去世时，陆修静才二十出头。这是一种杜撰的历史，不是出于阴谋，而是人性的可爱，和对艺术、宗教的纯洁性维护。

经由这些故事，我看到另一座庐山。一座虚拟存在的、镜中的庐山。而一座虚的庐山，使一座实的庐山，在历史的夜空显出了别样的倒影。

故乡在1990年寒露

一

微光中的县城，依然是寂静和压抑的。黑色瓦顶上的晨炊，这淡蓝色的烟雾，像一个有着弱视症少年鼻梁上厚厚的镜片，模糊的树影和纷乱的脸庞——与那个年代的冬天联系在一起。“雨透过桤木树滴下来 / 它那低微的益增的声音 / 嗫嚅着失望和腐蚀 / 然而每一滴都令人想起 / 钻石似的绝对”（西莫斯·希尼《暴露》），在这个爱尔兰人的诗中，潮湿、闪亮、“钻石似的绝对”的雨，落在了1990年赣西的树林里。那个县城，我的出生地，有着南方睡莲的静谧、俏丽和湿润，有着草根的气味和夜空的表情。它的街道在晨雾中展开，像打开的棋盘，却没有一个棋子，大街上空荡荡的，那一天早晨，母亲送我去车站，仿佛出自不明就里的原因，我离开了这里。

直到今天，我都认为离开故乡，到外面的地方去，出自意外。关于这点，这里不加赘述。我的视线定格在1990年故乡的秋冬时节。我似乎一直没有从童年和少年的时光中走出来，伴随那时光的记忆，是分列在鹅卵石巷道两边低矮的屋檐，褐色的门板，挂着蛛网的木格子窗（里面的楼板上堆着成捆的稻草），被磨得溜光的柱础，屋子后面的石榴树、水塘，以及经常涨水的河流。我一直沉迷于年少的时光，在书桌前沉睡——我的在外省的表哥带回来几本诗集，上面署着希尼、聂鲁达、佩斯这些名字。这些有着奇异语法效果的诗句，将我从自身的时光中抽离出来，来到一片形而上的空地。当我愈加沉迷于这些句子，我就愈发对我身边的县城好奇。我像透过一片过滤器观察我的生活，惊异于它新奇的变化（其实它的变化是细微的，毋宁说它一直在顽固地拒绝着变化）。阅读、静思、书写和眺望，这些虚幻的行为在帮助我形成文弱、忧虑的性情。

当我意欲描绘1990年的故乡，我却陷入对自己的回望和怀想中。我眺望往昔，却只看到一团迷雾。我看到那些飞翘的马头墙，像折断的桅杆沉没在水中，取而代之的是贴着瓷砖的水泥房子，它们像一个个陌生的闯入者，站在平整的水泥路面的大街上。我看到的是蝗虫一样忙碌的摩托车，在县城各处出没，是年关时突然冒出的黑压压的人群，是冰冷的落在鲜艳的店铺和脚印杂乱的菜市场的冬雨，是突然多起来的喧嚣和让人忐忑不安的流逝感。

回望那仿佛有着药草香的时光，像普鲁斯特在病榻上追忆他的“逝水年华”。记忆，是的，唯有记忆保留了我们能够确证的东西。生活像个漏斗，遗忘之沙分分秒秒在掏空我们的身体。透过车窗，我看到暗黄色的小河边倒塌的旧房子，白发青衫的村妇站在秋天狼藉的荷塘里，风，擦刮着枯黄的长叶子，绝望的淤泥，捧起不多的水珠子，不远处的山坡旁，一座新坟青烟缠绕，一只花色的母猪拖着涨红的乳房在山道旁拱着泥土，七八只猪崽在乱石、树干和杂草间隐现。炸裂的爆竹屑躺在冰凉的地上，一个人的身影消失在丢满纸钱的村道上，而他的子女，还在南方都市的机器旁疲倦地打着呵欠。

仿佛有两种时间，在我的身体里撕扯，当我用三十四岁的眼睛眺望我十七岁的眼睛，就像一条疲倦的河流在注视岸边依然年轻的枫杨树林。

二

外祖父家门口有两株桃树，多年以后，读到胡兰成的句子："桃花难画，因要画得它静。"我惊讶胡氏桃花的"静"。因为，当年我觉得外祖父家门口的桃花，是溅着污泥的，是喧闹和悲哀的。

这个村子，我去过几次，已经不记得了。它不像县城我的出生地，让我度过难忘和疯长的童年，也不像在乡下姨妈家度过的幸福时光。这个村子一直醒目、破败同时抗拒地矗立在我的记忆里。对我而言，这是个没有温度的村子。外祖父在20世纪70年代就已去世，外祖母在更早的年月里就不在人世。是母亲的继母，一直在延续着村子的时光。母亲的继母——我也称她为外祖母，在90年代也合上了她那双大大的眼睛。

但乡村的战争，一刻不止地在发生着。我印象中，那些堂兄弟，一刻也没有停止对我势单力孤的唯一的舅舅的倾轧。春天来了，桃花在门口开放，但不是为了见证愉快的人情人性。舅舅一家在村子逼仄的一角苦苦煎熬。田野里，汹涌的油菜花香混合着浓烈的阳光，在平地上起伏，在舅舅童年的记忆里，他经常被一个养蜂人——他的父亲，牵着手，走过摆放在田野里的蜂箱。牛羊在门口默默无言地望着远方，蜜蜂驮着有重量的香气在蜂场飞舞，屋檐下绘于"光绪"年间的"忠孝节义"的彩画暂时清晰地暴露在日光下（不久以后就被蘸着白灰的刷子给抹掉了）。

多年后我的表弟、表妹也已长成如我一般的个子。绘着"光绪"

年间檐画的旧房子推倒了，取而代之的是一幢外面贴着白瓷砖但里面抹的是青灰水泥的房子。舅舅、舅妈从三十来岁起开始在广东打工，一直到五十多岁。房子是他们不觉得枉活一世的“事业”，因为他的那些堂兄弟，一个个都盖了房子，如果他没能在有生之年盖起一座房子，他的一生便是失败的。我的表弟因为缺乏父母的引导，没能读出书来，但仿佛这也不是最重要的。

记得每次进村子，我都会留意路边的土地庙（自然是没有庙祝的），很小但是很醒目地立在那儿，但后来却不见踪影了。近些年，那个地方重新立起了一个更大更气派的庙。我不知道是应该高兴还是悲哀。庙旁边一棵很大的樟树底下，聚着上百号喧闹的赌钱的人。表弟活跃的身影出现在其间。

三

我关注乡村的历史，也关注它的伦理。我关注一个仁义礼智的乡村，但我的笔下总是出现一个柏拉图的乡村。两种乡村的幻境交替在我眼前出现，一个是孔子的乡村，一个是耶稣的乡村。

在我出生以前，孔子的乡村已经被摧毁了。我从小接受的教育是，孔子是一个必须打倒和唾弃的人。我身边的每一个人，都在诋毁、嘲弄这个“先父”。孔子在我幼时的记忆里，从来就像一个贼眉鼠眼的人。我仍记得和小伙伴们争看连环画《孔老二罪恶的一生》的情景。中国最伟大的哲人，孔子，便以这副模样，出现在我们这代人最初的记忆里。当我日近中年，曾经的一切早已化为电光泡影，这几十年发生在中国的事情，仿佛一幕荒诞派戏剧。“礼崩乐坏”—“拨乱反正”—“返本开新”，是其主要架构。一切的迹象似乎表明，这位老人正以另外一种方式盛装归来。但是我看到一个精神上的孔子，已经在乡村消失了。每次我回到故乡，去乡下的亲戚家里，我的悲哀与感伤就与日俱增。曾经，那个满口《水浒传》和《三国演义》的老人，现在骑着一辆古怪的冒着浓烟的摩托车，从泥泞的村道、我的身边疾驰而过；而那个慈眉善目、满腹经纶的老秀才，现在每日颤颤巍巍地靠着露天的球台打桌球；村口清秀的水口林，现在停靠着许多无所事事的破旧的四轮车，霜风刮过，扬起地上的塑料纸、甘蔗渣；旁边的小卖部里，放学归来的孩子挤在火炉旁围看电视《还珠格格》《快乐大本营》；曾经寄寓着幻想和美德的乡村夜晚，现在变得寂静和冗长，口耳相传的不再是美丽的神话和忠孝节义故事，而是暴发户的别墅、贪官的情人、仇人儿子肮脏的钞票……

追远慎终、记载荣耀的祠堂倒塌了，画着“十”字的乡村教堂突兀地立在村庄里。我的一个亲戚，她的淑娴和聪慧，曾经给我很大影响，现在，她是耶稣的信徒、一个布道者。每次我到她家去，看到厅堂里挤满了男女老幼——一个遥远的异乡的先知，在试图慰藉一颗颗焦虑的、迷惘的心。亲戚家遒劲漂亮的门联，写的不再是“向阳门第春常在，积善人家庆有余”，而是“主爱深如四海水，神恩普于三春晖”。毛笔、红纸、汉字，最传统的文化符号，嫁接了耶稣的内容，看起来，似乎总有不对劲的地方。在这里，我看到了陌生的乡村心灵。

亲戚家门口有一个宽敞的晒场，前头是一口深碧的池塘，杨柳倒映在水里，鱼儿在畅游，白鹅在高歌，盛夏的骄阳，因物赋形，在下面形成一团团光影，穿行在仿佛梦寐中的孩子们，在光线里留下他们的背影——这是我少时的记忆。现在，这个村子空心化了。村民们大都迁到马路边的水泥房子去了，留下的几户残弱人家，愈益显出村子的衰败和萧条。人心就像一个旧村庄，抛掷在荒野，被灰尘和其他什么东西所蒙蔽。

四

我的生活，充斥这些字眼：“QQ、MSN、E-mail、BBS、微博、微信”。和这些名词紧密关联的，是商品社会的一切符号，一个被互联网占据的物的世界——我不知道这些，离我的故乡有多远。

我离开故乡，不过十几年的时间，但我感觉，我回不去了。我与故乡的距离，可能是十几年时光的 N 倍。事实上，不仅我这样的城市游子回不去了，就连那些在城市打工的年轻人也回不去了。他们和父辈之间，已经形成了很深的隔膜，成了完全不能理解的两代人。与我同龄以及晚一辈的乡村青年，已不再是传统意义上的农民。他们的身份认同，不再那么鲜明。即便乡村依然是静谧和温暖的，也不足以盛放他们被现代化刺激起来的欲望。他们回不去那个被《诗经》的作者、陶潜、叶赛宁、雅姆、弗罗斯特所描绘的乡村，虽然那个乡村本身，也已经变得面目全非。

我的母亲随同我生活在城市，某天，我在书房听到她与我舅舅通电话，听到远在中山市的舅舅说，今年过完年，不再出去打工，“打工打不动了”（原话如此）。而我听舅舅说同样的话已经不下六七次了，每回，过完年后，他依然带着舅妈回到广东去。连曾经的村庄，也难以收留年近六旬的舅舅舅妈了。村庄的寂寞在一日日加深。

意大利作家卡尔维诺，在他的短篇小说《弄错了的车站》里，描写了一个叫“马科瓦尔多”的穷鬼，从电影院里出来，眼前是迷茫的大雾，什么也看不清，他正好在大雾的银幕上回味不曾消失的电影，停留在这些“画面”里盲目行走……我就像马科瓦尔多一样，拥抱着虚拟的故乡画面取暖。

五

我曾经热衷城市的酒吧、咖啡馆、影院、书城，热衷城市生活的一切活动——旅行、团购、舞会、网聊、欣赏画展、参加公益活动……城市规划整齐的街道、建筑，花团锦簇的公园，琳琅满目的商品，时髦有品位的女人，锃亮快捷的汽车，喧嚣躁动的气味，内心挤胀的欲望，都让我迷失其间。

城市纸醉金迷的属性，终有一天，会被一把叫“虚无”的利剑刺破。

我在深夜里醒来，无法再入眠，看到故乡在眼前浮现——清晰、温暖、触手可及。忽然发现，我的身体从来没有离开过故土。故乡神龛上的先祖，从来不是我们看到的，死去的黑白画像。在劳动和娱乐之间，在屋檐和河流之间，在白昼和夜晚之间，在贫穷但满足的心灵之间，在银色的月光和黄色的晨曦之间，他们“同我妇子，馌彼南亩”、他们“采薇采薇，薇亦作止”，在风和日丽或风清月白的田野吟唱“昔我往矣，杨柳依依；今我来思，雨雪霏霏”。

六

我在从故乡返回城市的列车上。

夜晚，车窗外，风景迅疾向后撤退。坐在两列反向列车上的人，看到的是同样往后倒退并沉入黑夜的风景。蓝色的、闪烁的灯光，有一半来自我们头上辽阔的星空。可以想见，冰凉的铁轨之外，是广大的田野，寒冷的秋风已经收割了阳光的暖意，夜露像睫毛上的泪水深情地挂在树梢上，树丛里是隐现的村落，是童年的记忆和欢笑，是父亲母亲的白发和背影，是青梅竹马的芳邻，是对城市和远方迷茫的眺望，是爷爷奶奶的坟地，是乡村的守护神，是秦叔宝、尉迟恭、许仙和白娘子……沿途经过的县城，莲花、安福、吉安、吉水、新干、峡江、樟树、丰城……怀抱它们的子民，在夜晚沉睡。只有在沉睡中，才消除了人的差别，一样的酣甜、沉入、困倦、无遮无拦，所有的人，城里人、乡下人、男人、女人、上级、下属、老人、幼童、先进分子、罪犯、富人、穷鬼、耶和华、孔子、亚当·斯密、梁簌溟、李白、海子……都在睡眠中，还原了同一副面孔。

我一次次往返在城市与乡村的道路上，高速公路、国道、省道、碎石路、泥泞小路。那些在高速公路、国道、省道、碎石路、泥泞小路上，一点一点擦掉生命光阴的人，享用了同样一段长的生命时光。

列车缓慢地在夜晚推进，像是习惯了在大地上漫游；在一个没有行吟诗人的时代，它们是真正的诗人，永远忠实于大地，用比心房更低的视角打量人生。

霜　迹

——插在乡村的二十枝干花

1. 冬天的乡村是铭心刻骨的。裂纹的土地丧失了被春阳照耀的柔顺丰沛，显得冰冷、僵硬，像现代派诗人的短句。被霜吻过的植物，无一例外地失去了鲜绿的颜色，而显得枯黄、一夜憔悴。霜，像干燥的雪笼罩着植物、瓦楞，却不是雪——它有些像一页伤痛往事，被人无意中翻到。干燥、冷峭的秋风，打磨了你红亮的双颊——像深秋的颜色。村庄紧密收缩为一枚果肉销蚀的干硬的核。

远远地，有人背着太阳光走来，从我这个位置看过去，有些耀眼，刺目。他的影子像脏水一样泼在白霜上，我站在一棵古柏树下，看到这个人，肩上扛着一把锄头，有些像凡·高油画里的人，他嘴里吁出的寒气，与这个深秋早晨的气氛相宜。这个人——是我的堂叔、邻居，还是过路人？这些都不重要。这个早晨，是哪一年哪一天，也不重要。

2. 那个背着太阳行走的人，消失在耀眼的晨光里。

我回过头来，古柏树依然在身后郁郁葱葱。浑圆、赭黄的树干上，有着旋转的纹路，有一些细密的刀痕，像一面苍老忧郁的额头，却依然有着一头茂密的生气蓬勃的头发。柏树种于何年何月也不知晓，但它在年深月久的光阴里成长为事实。它像是神栽种的。也像是兀自生长出来的。在这个村子里，它是唯一的。其他的，都是一些香樟树、枫树、槐树、苦楝树。它独自在时光中成长为一棵参天大树，经受了多少孤寂？它如此幸运地躲避了数次雷击，仿佛不是出于偶然。那么笔直、圆硕的一棵好树材，却没被人取用也是不可思议的。它不仅长在这里：一个叫麻石的地方，也长在爷爷、父亲和我的记忆里。

让我越来越担忧的是，终有一天，它会在我家门前消失——想到这点，我突然感到某种莫名的惊恐。

3. 在我身边，却有无数的事物，每日在消失。那条小溪，某天干涸后，就再也没有流动过。那条大黄狗，在一个夜晚，一去不回。一个邻居，寿终正寝，而另一个死于非命。一个日子，比如今日，也在怀抱我们的同时，转身离去。消失得更快的还有，晨霜。

消失，是乡村的永恒命题。但是消失，并不是断绝。一去不返的流水，还会有绵延不绝的水流推波助澜。那条干涸的被夷为平地的溪流旁，暴雨冲刷出另一条滚滚流淌的溪水来。一条黄狗不见了，但另一条更小的黑狗像个娃娃蹲在屋檐下。伴随着哭丧的声音，是婴儿出世的尖锐而骄傲的啼哭。被太阳的擦子擦去的晨霜，不厌其烦地覆盖在昨天的位置上。

在昨日的太阳底下，一个扛着农具的人，又把他的影子投放到我脚下。

4. 在冰凉的雨丝里，青山那边的寺庙，撞响了嗡哑的钟声。

5. 钟声也种植在我的耳朵里。像蛛网，粘滞的，带着灰尘味的，以及时间味的……在业果相报的人心里，在善恶分明的人世间，钟声，惊醒了无数激灵的脑袋。但是，这钟声仿佛喑哑已久——我仿佛，从来没有听到过这钟声。我知道的是，青山那边的寺庙早已倒塌，那一身青衫的僧侣早已下落不明。

我知道，这人心大多是沉睡的。

6. 沉睡的还有时间、山川和传说。睡眠，也是村庄的一种姿态，它通过柳树上的蝉鸣、独自旋转的水车、田野里的稻草人……传递出来。沉睡，是美艳的村妇哺乳时忘记扣上的沾着乳汁的花衬衣。是岑寂的午后掉落在地的蝉蜕。是抖落的发烫的太阳光。一个农人，在锄草的间隙（由于太疲劳了）而倒头睡去。菜园里，青皮的辣椒像少女的面颊泛出了淡淡红晕——在睡眠中，她的乳头也在微微地战栗，午后的梦幻，像白亮的刀子在她头脑中划出晕眩的光芒。

7. 离少年内心最近的地方，也是离神最远的地方。一个乡村少年，在黑瓦白墙之间，在桃花柳树之间，在困顿贫寒之间，迎风成长。在现代文明所不能到达的乡村，诗歌得以诞生：

麦地
别人看见你
觉得你温暖，美丽
我则站在你痛苦质问的中心
被你灼伤
我站在太阳
痛苦的芒上……

——海子，《答复》

8. 乡村，他们在你身上找到诗意。像一块骨头被狗叼起。

9. 当削减城市的繁华和泡沫以后，他们找到了“文化”的轴心。像做出一个艰难的决定，他们要医治你的贫寒症。

10. 你身上保有的一切，现在成了你的过错。在城市酒足饭饱后的同情之下，他们希望有那么一次对你嘘寒问暖的机会。

11. 曾经照耀过那个扛锄头的人的朝阳，已经停留在黄昏时分。落日，让人想起国度、江河、世道人心……无论如何，它的光辉已经改变了事物的形象，让道路、树木、屋宇和田野，变得圣洁和崇高起来。这么浓的金色，让人激动得想哭！这么饱和的色彩，就像与爱情相匹配的灼热的情感。那头停留在夕阳里的黄牛，雕塑一样岿然不动，暮色使它的样子看起来更加迟钝。

而蓝色的星星，在静止中移动。

12. 写一只昆虫。

写它在空中划过的看不见的优美的弧线。写它的声音：细密，尖锐。写它的复眼和彩衣。写它的蛹。写它身上锐利的尖刺。写它攀附的土墙，树叶。写它落在地上微小的阴影。写它的配偶。写它被一个孩童捉住时的慌乱和愚蠢。写它的下场：安之若命，四脚朝天，被另一群更小的昆虫扛回幽暗的洞穴。

13. 山坡上那些死者的洞穴，无人涉及。有一天，我登上更高的山冈，看到下面这群凌乱的墓地，突然感到心惊。一个微微隆起的土丘，埋葬了同一个祖宗的子孙，他们生前之间的恩怨看起来已经一笔勾销。这些沉睡的亡灵，是否真如我们目见的安宁和平静，不再向他的亲人们抱怨、叹气、发怒？那些在山下活命的生者，在遗忘和享乐中，延长着走向墓地的时光。

14. 即使是在最寒冷的季节里，还会有挂着冰凌的绿叶子在风中摇晃。光屁股的孩子，刚刚离开他的摇篮车，在屋檐下追逐小鸡。火盆里，一节节的黑木炭化为灰烬，不断有被炭火驱赶的冷风加入对围坐在火盆旁的脊背的抚摸。温暖的炭火更加增添人的睡意，在寒冷的季节里真担心一觉就不再醒来。另一个炉子上，水壶在愉快地吹着哨子，却迟迟没有人提走。夜色，像糨糊一样，一遍一遍糊上了窗户。乡村的冬夜，如果没有人的打扰，真的像英国绅士一样安静。寂静的夜晚中，连狗都懒得叫唤，只有炭火偶尔发出几声细微的仿佛虫子摩擦羽翅般的声音。

15. 在寂静的光线中，有尘埃在飞舞。让人想起一些词汇：

透明，温暖，如雪。这些尘埃，只在阳光里出现，仿佛趋光的虫子。在陈旧的房子里，这些尘埃散发出年深月久的气味，一种呛鼻的气味。一座老房子，如果不去推倒它，它自己会成为一座废墟。成为一堆尘土。这是万物的结局。包括人本身。这符合朴素的唯物观。

最感人的画面是：母亲拍打翻晒的被褥，妻子抖落风衣上的雪花。

16. 在一个有着排箫气息的秋日下午，野菊花开满了山坡，外公在众人的簇拥下走向后山。我发蒙的内心开始演习死亡的仪式。这是一套让人无限缩小和恭谦的礼仪，在我的一生里，不断被提醒和演绎。那是一种什么样的秩序，使整个村庄的人融为一体，把一个亡故的人的灵魂抬升到一个不可企及的高度。乡村的长者，用一种赞美诗的腔调追述亡者的生平，吹打的乐器（不是今天看到的洋鼓洋号），发出撼人心魄的金属之声，一路的歌哭，一路的泪水，纸钱和黄酒。多么漫长的路程，从外公家到后山的斜坡。在我五六岁的幼小的心灵里，第一次遭遇死亡，它的盛大和威仪，使我今后再没有找到可以与之匹配的场景。死，是一个谜，每当我想起三十年前遭遇的这一幕，我依然会像个小孩一样目瞪口呆。

17. 而爷爷去世的时候，我已经是个三十多岁的城里人。我的女儿，正是外公去世时我那样大的年纪，一种什么样的意识，使我情不自禁地观察她——一个四岁的小女孩：俏皮，活泼，幼小的身子遮掩不住内心里的一股子疯劲，但我惊愕地看到她的脸上，有我当年一般的恭谨、悲伤。

18. 这种神情使我仿佛又看到了二十多年前冬天的田野，旷野的孤单的房子，山坡密密的树林，蜿蜒的溪流，布满霜迹或冰凌的土路——唉，一想到这场景，我的内心就像池塘边处在阴影里的冬天的柳树枝，无言和伤感。

19. 在下过雪的冬夜，月亮，也比以往显得明净，像十六七岁乡村女孩的眼眸。从雪里露出的一截断壁，上面残留着“康熙”“咸丰”年间的字样，还有废弃的自行车的钢圈、一些红色蓝色塑料袋……事物，以自身被弃的面目出现。除了月光的照耀，没有谁会去在意他们。

我的笔尖划过纸张的时候，听见月亮在雪地上空移动的声音，那么静，那么平稳，让人内心欣喜和满足。月亮上的村庄，倒映在雪上——一个虚无的、比雪消逝得更快的村庄。

20. 我对“物”的不倦的凝视，忽略了深藏其间“灵”的品质。古人说：“万物有灵”。这个“灵”大概也是人的灵魂的投射吧。这个“灵”，让我们内心保有敬畏和恐惧。我对乡村的记忆和认识，源于内心对乡村之夜莫名的惊恐。

面具江南

一

一副面具。铜绿的时间的锈色，覆盖了所有的秘密。可供解读的信息，残留在这狰狞的面具线条的形式里。青铜的声音，携带数千年的风雨而来，这足以让叩击者惊愕：仿佛那声音穿透数千年的宇宙，带着使多少代人死亡、多少个朝廷更替的持久的余响。我们在聆听这声音的瞬间老去。曾经制造这青铜面具的人，他们的体温，掌纹，还残留在时间的遗骸上。所有的秘密等待破解，所有的真实，藏匿在面具的背后。

让我试着来描述这神器：这是一副人首造型的面具，显示出古人尚巫的习俗，也是否可以解读为人类的童年期，还保留着游戏的纯真和蒙昧？面具中空，双面扁形，大小正宜于覆满成人的脸庞，面呈倒置的梯形，额面宽阔，顶圆颌方（暗喻着古人天圆地方的理念）。这一副恐怖的面目首先在于深陷的眼窝中突出的两个眼球，如同画师笔下的猛兽，发射着摄人的光芒，眼球是镂空的（正宜于佩戴者观看），修直的鼻梁连着两个肥大的蒜状的鼻翼，反衬着狭窄的面颊，而暴露的嘴角夸张地显示着无边的宽大，龇牙咧嘴如同兽类，牙齿的造型也极富寓意和想象：中牙如铲，侧牙钩卷如同鼎器的兽面纹——一再地提示着观者，切不可将面具等同于人形。而面具顶端左右分岔、镂刻着连绵的兽面纹饰的双角，进一步地强化了这一点。

这是一具沟通天地、人鬼的神器，其神秘诡异、威严摄人、半人半神的形象，盛行于商代。这来自于夜晚的神的世界，和白昼的人的世界的使者，名字叫巫师。

二

在远古，巫师是社会地位很高的人。物质劳动和精神劳动的分离，他们是最早出现的一批思想家，是早期社会的精神领袖。他们“不用想象某种真实的东西而能够真实地想象某种东西。”（马克思语）

《史记·龟策列传》说：“自古帝王将建国受命，兴动事业，何尝不宝卜筮以助善。唐虞以上，不可记已，自三代之兴，各据祯祥。”这种“幻想”和“祯祥”，以图像的形式反映在青铜器上。巫师，以他们部族的观念，制定、规范着青铜器的纹饰，这种带有原始图腾和人、兽、神相混杂的图形，体现出早期宗法社会管理者的威严、意志。因为附着神的色彩，这些靠想象创造出来的“祯祥”的图像，以超世间的神秘和恐怖的动物的形象，对子民进行着不容辩驳的统治。商鼎周身遍布的兽面纹——那种集合了牛、虎、羊、鹿等动物特征的纹饰，寓意着对本部族的神圣庇护，而对异氏族、部落则体现出威吓、恐怖的意味。

在那粗犷、狰狞、雄浑的线条、图案里，现世世界和神秘世界，在其中消融、塌陷，一种无可名状的神奇的力量唤起人们内心静穆的情感。而那灼热如铜汁的激情浇筑在那远古的血与火的杀伐中。战争和暴力——文明经由这野蛮的产妇，在疼痛中产生。

隔着玻璃，我们对它们凝视，依然感到某种恐怖和不安。

三

如果以城市、青铜器和文字为人类跨入文明时代的标志的话，在商周，江南似乎是一片沉寂的、黑暗的土地——所谓“荒蛮服地”。然而，这个认识不经意间被几个农民用铁锹敲碎了。

1989 年是个苦涩的年份，对于江西省吉安市新干县来说，这一年却有着不同凡响的收获。9 月 20 日依然处在“三伏天”，地处赣江边古称“新淦”的小城依然氤氲在湿热的高温中。晚稻已经泛黄，如一桶桶金黄的油漆倾泻在蓝天之下，这是一年中最美的时节：红色丘陵、黄色稻穗、碧蓝天空，如同荷兰画家笔下常见的画面，而红黄蓝正是其他色彩之母。发源于江西南部的赣江浩浩荡荡从崇山峻岭间一路奔泻——关于此江，有两个特点似乎可说，一是这是一条不常见的由南而北流的河（基于江西南高北低的地形）；二是这条江发源于江西（在赣南分别由章江、贡江合流为一），最后又消失在江西（由赣北注入鄱阳湖），因此江西人也不无自豪地戏谑“肥水不流外人田”——而这恰恰也是江西人性格保守的一个隐喻。清江盆地和吉泰盆地相连。因此新干在文化上属于豫章文化和庐陵文化的连接点上。

几个农民沿着赣江的长堤而来，他们肩上扛着铁锹，阳光拉长了他们的影子。他们有着当地人标准的精瘦体形，这是常年田间劳动形成的。他们走走停停，议论着家长里短，讲着荤色笑话。在一个沙丘旁，他们吐掉烟嘴，开始干起活来——在沙丘上取土。然而，几锹下去，触及硬物“当”的一响，让一个心不在焉的农民突然手臂发麻。其他几个农民闻讯过来，一起扒拉开沙土，一件色彩斑驳的古炉出现在眼前。那沉睡的宝物仿如初生的婴孩，带着一丝丑陋和惶惑，被几个农民抱出凹窝。盛夏的阳光直射下来，尽管锈迹斑斑，那青铜香炉依然难掩旷古神秘和凛然威严之美。金黄色的亮光和蓝绿色的暗影在古炉上闪烁交织，仿佛明亮的海面上浮现出来的沉睡的阿拉伯传说中的神物。随着农民欣喜的挖掘，数十个大小不一的青铜器一件件现出眼前，几千年遮挡的日光，一下子哗啦地扑打在器皿上，使它们刚出土时新鲜的颜色瞬间变得黯然失色。

这个发现，震动了省里和北京。一批批专家纷至沓来。随着挖掘的进行，一个个我们今天已然陌生的青铜器：鼎、豆、鬲、甗……呈现在世人眼前。随同出土的玉器、陶器也让人眼花缭乱。此次出土商代青铜器475件，玉器754件，陶器365件，如此数量庞大的商代青铜器的发现，为江南之最。

这些青铜器的造型、纹饰，有的与中原器物相似，如柱足圆腹鼎、方卣、扁夔足鼎。有的则带着鲜明的南方特性，如青铜器上的燕尾纹、编织纹、变体兽面纹、阴刻云雷纹和立体圆雕虎等动物形象。

远在长江以南的赣江中下游地区新干大洋洲，存在富有鲜明地域特色和足以与中原殷商文明相媲美的高度发达的青铜文明，这不禁要让人重估江南的文明史。

四

多少年来，世代散居于此的乡民，相传着一个支离破碎的故事：不知远在什么朝代，几个王公贵族择冢葬此，卜水而息，并在沙洲中埋下不计其数的金银财宝。每一个墓都有一个高耸的封土堆，一个封土堆就像一把雨伞，后来这里只剩下三把半了，“三把半金伞”的传说在人们的口耳中显得亦真亦幻，像赣江上的波纹，触手可及而消散无形。

如同民间百姓对于传说绘声绘色的描述，考古学家近年来也在为求证这块神秘莫测的土地煞费苦心。从殷墟出土的甲骨文字上，在围绕着商王室生活而展开的占卜记录中，极少文字涉及王室领地以外的地方。我们必须感激发明文字的先人，那些象形文字不经意间泄露出的一鳞半爪，给后人无穷的想象。清朝光绪二十五年，一个偶然的机会，北京东华门外锡拉胡同一个叫王懿荣的国子监祭酒病倒——这一病，仿佛上天有意的安排，将一个惊天大发现光荣地赐予他。这个人所共知的故事，将这个主人公镌刻在史册上——他将仆人抓来的一味叫“龙骨”的中药翻检审视，突然发现上面一些奇怪的划痕，于是派家人将菜市口同仁堂药店所有“龙骨”买下秘密研究，这位祭酒，也就是当朝教育机构的最高负责人，喜欢收藏古董，对古文字也有研究。考订之下有惊天的发现，“始知为商代卜骨，至其文字，则确在篆籀之间”。

这迄今为止最早的文字——甲骨文，在记录王室为祭祀、战争、农事、灾祸等内容进行的占卜中，以极少的字眼涉及一个叫“虎方”的国名。卜辞说：

贞，令望乘暨举途虎方，十一月。
举其途虎方，告于大甲，十一月。
举其途虎方，告于丁，十一月。
举其途虎方，告于祖乙，十一月。

“途”就是征伐的意思，大意是说商王要去讨伐虎方，向先祖大甲、丁、祖乙卜问胜利。多少年来，围绕着虎方这个地方，考古学家进行了孜孜不倦的求证。历史学家李学勤等人，曾将目光投向这片汉南以南的土地。

虎，因其勇猛自古以来被赋予神性，先秦文献中说：“虎者阳物，百兽之长也，能执精挫锐，噬食鬼魅。”新干大洋洲商墓出土的475件青铜器中，有16件立耳上装饰有圆雕卧虎形象，卧虎扁足圆腹鼎的扁足都是虎形。其中一个扁虎足铜圆鼎，异常夺目，圆鼎的双耳上各蹲卧着一只刻满纹饰的老虎，而鼎的三足也是由变体的老虎铸成。虎的形象和鼎器身上饰满的兽面纹、云雷纹、鳞纹，赋予这个礼器以神秘而狞厉的美感，仿佛在向人诉说某种超世间的权威神力，那雄浑厚重的造型、线条，深沉、质朴的纹饰，表达着一种原始宗教的情感。另一件国宝的伏鸟双尾铜虎，则造型更为逼真和威严，一猛虎蹲伏欲奔，怒目狰狞，龇牙咧嘴，其威风凛凛的形象呼之欲出。更为奇特的是，虎背上伏着一只小鸟，尖喙圆睛，气宇轩昂。

虎氏也是一个古老的民族，是黄帝部落的六个胞族之一，黄帝轩辕氏“教熊罴貔貅虎，以与炎帝战于阪泉之野，三战然后得志。”熊罴貔貅虎都是氏族的名称，虎氏就是其中一支，这支部族本来自青藏高原，随黄帝族东迁华北平原，成为夏人的姻亲部族，商汤灭夏后，有一支虎氏追随夏桀南逃，在鄱湖南岸、赣水之滨定居下来，与当地土著一起建立了一个政治集团，即“虎方”。史学家为我们勾勒出的一幅远古江南方国的情景，因为甲骨文卜辞对虎方的记载，使得这片崇尚虎威、虎啸声声的江南沃土的真实面容，似乎将变得更加清晰。

五

清代诗人黄虞《赣江诗》说：“彭水通湖汉，章流合贡津。编排鸿木客，怖浪祷江神。市闹龙船鼓，山逢赣巨人。从来称秀异，云壑好投纶。”诗中指的“赣巨人”“木客”，在魏晋南北朝至唐宋的文献中，时有记载。新干大洋洲商墓出土了一件非常精美的侧身玉羽人，这件玉器将鸟的形象和人的形象融合在一起：羽人肋下有翅膀，人面鸟喙，头顶有三个套环，身体蹲坐式。考古学家说，这羽人的特征，容易让人想起一个古老的民族——苗族。苗族，也叫三苗，是中国上古时期的一个部落集团。大约距今五六千年前后，苗人追随首领蚩尤，在中原地区与黄帝族大战，被击败，被迫南迁，在长江中下游地区建立了“三苗国”。其中一支苗人从长江入赣，在赣江两岸的山岭、平原间耕作栖息，开始了赣人的历史，成为后世百越族的祖先。

《朱子集》中也描述：“苗民之国，三徙其都，初在今之筠州（江西高安），次在今之兴国军，皆在深山中，人不可入，而已亦难出。最后在今之武昌县，则据江山之险，可以四出为寇，人不得而近之矣。”宋代李昉在文献中也说，兴国山上有很多木客，样子像人，说话的声音也像人，你只能从远处看见他，走近的时候，他就躲起来了。他们集聚在高山大岭之间，能砍杉枋，并和汉人做交易，用砍下的树木换取汉人的刀斧。交易的时候，汉人把东西放在枋下，躲起来，不久便见他们过来取，把枋卸下来给交易人，随物多少，特别信直不欺诈。有人死了，他们也哭泣殡葬。曾经有走山路的汉人碰到他们葬日，他们还拿出酒食招待他，仿佛是个非常懂礼数的族群。

中国文化重自然和生活，因为科技的不发达，人们对于自身和世界的存在之谜，带有诸多神话色彩。商人认为，自己的始祖是玄鸟，《诗经·商颂》说：“天命玄鸟，降而生商。”对自然的崇拜，投射到万物之上。比如鼎器上的鸟、虎的图形，以及风、雷的纹饰（使人不禁联想到风神、雷神，进而想到农业的生产）。兽面纹直接产生的恐怖、狰狞的威吓表情，更是导向某种超世间的神秘威力。大洋洲出土的诸多文物中，有件目雷纹方内铜钺，使人看过之后，便留下难以磨灭的印象：铜钺中间铸成张口露齿的虎口形，那狰狞、凶悍的造型里既隐喻着对虎氏先祖的崇拜也显示着对敌人的恐吓。诗经里说，“有虔秉钺，如火烈烈”，那句子，仿佛将我们的目光牵引到那个充满着火光、弥漫着宗法气息、面目凶暴而天真的人类的早期。

神话和巫风，飘荡在这片满眼绿意的大地上，那戴着面具进行祭祀、手舞足蹈的巫师，口中念念有词，在伏拜的群民身后，是飞瀑直下的峻岭，是奔流不息的赣江，是郁郁葱葱的密林，是富饶肥沃的田野……这份淳朴和稚气，深邃和壮丽，幽暗和混沌，在历史的逐层叠加和销蚀中，渐渐走向神秘，走向未知。我们凭借神话、想象、史籍和虚构的热情，企图拼贴起的历史图像，又有多少不在真实的时间的显影液里浮现？

六

京九铁路上，火车呼啸着穿越历史的荒野，往南方以南而去。这现代科技和工业文明制造的庞然大物的体内，远行的人们在封闭的车厢里陷入了冥想，黑夜降临，使赣江两岸村舍的灯火显得更加孤单。夜晚抹消了时间的界限，让靠在窗前凝望的人们，陷入了今夕何夕的困惑。一个诗人在绿皮车厢里，在说着五湖四海方言的人们中间，显得异常沉默，他的手上摊着一个笔记簿，上面写了一首诗，这首诗记录了一个北方青年对于南方远古文明、对于“木客”神话的惊奇和深沉的想象：

两个巨人在荷叶般的
云朵间，抛掷日月——把它们翻转的
猫的摇篮，是你细长的钩爪，编制的线绳戏

四十根白发

城市与山峰，移走之后留下
咆哮者沸腾的忍耐，那是深海的语言里
无形的猎人，还是铜炉般的山谷
给永生者，震荡出的诅咒

你止住给你倒酒的人，他落尽衣冠
在猿鹤与虫沙间，你请出冬日的蜗牛
在受伤的星图上，走出另一道光线——

照出城里贝壳杀人，山间的刺猬遇刺
海上的贼鸥被盗，你手里的木棰向上
流淌着火焰，把灰袍的法官镂空，浮在空中

就像月亮的缺陷，慢慢把自己淹没
用冰的丝线，缠出城市，山峰与远海的摇篮
那是无船的巨帆，跟你手上的珊瑚戒指，共享今夜的弧度

——王敖，《木客诗》（还山弄明月）

火车的速度和诗歌的想象贴着铁轨滑行，而赣江逆势北上，广大、荒漠的夜空中，一道黑影和一道白练在疾速地擦肩而过，其撞击起的虚拟的火花在夜空中绽放。新干大洋洲商墓遗址，无助地裸露在星空下，考古工作者挖掘出的整齐的几何图形，与天上的来自神秘星球的传说相呼应。夜晚多么神秘！仿佛历史的上半阕，正是因为未知的、悬而未决的部分，才使我们的生活平添了神奇和美丽。

任何穷究一切、洞悉谜底的工作，都是多么的无趣和不可能啊。比如这山中木客，有人说是秦始皇造阿房宫派来采木的人，流寓于此；有人说是越王使来伐松柏以为梓死后葬于高岸树抄或石案中的越人……纷乱杂出，莫衷一是。然而这些，都不及“木客”这个词本身所含有的生活在丛林里的异乡人相宜。王敖诗标题“还山弄明月”——据有关资料记载，说是唐末时，木客曾经以饮酒作诗：“酒尽君莫沽，壶顷我当发，城市多嚣尘，还山弄明月。”诗中隐含着陶潜式的返璞归真的机趣。宋代大诗人苏东坡贬谪南方路过赣州时，在组诗《八境图》之八中写到：“回峰乱嶂郁参差，云外高人世得知。谁向空中弄明月，山中木客解吟诗。”也十分生动地刻画了木客生活的情景。

七

如果说巫术和舞蹈有着内在的渊源，这应不会使人意外。在甲骨文中，巫与舞是同一个字。虎方人，因政治、军事、祭祀的需要，时常进行场面宏大的图腾舞蹈、巫术仪式——面具戴起来了，牛尾舞起来了，篝火烧起来了，牺牲摆起来了，在这最初的巫风弥漫的歌舞中，吟唱中，敬神礼鬼仪式中，一种塑造、培育人的东西——“礼”，逐渐从人类童年顽皮的、稚拙的游戏中挣脱出来，成为一种形而上又形而下的规范。冯友兰先生说，崇奉“礼”，实际上是表达主观感情的“诗”和“艺术”。

美国哲学家苏珊·朗格一言以蔽之：“在舞蹈的沉迷中，人们跨过了现实世界与另一个世界的鸿沟，走向了魔鬼、精灵与上帝的世界。”

巫术舞蹈的仪式感和神秘性，将虎方国土地上的子民，缔结为一种群体性的情感，这情感投射在对“虎”图腾、“鸟”图腾的膜拜上，我们看那威风凛凛的伏鸟双尾铜虎、雄浑庄严的乳丁纹虎耳大方鼎、精巧怪诞的侧身玉羽人，无不注入赣中、赣西北、赣北——也就是史学家们称之为的“吴城文明”先民们对于先祖的炽热的崇拜和尊仰。在带有原始宗教色彩的舞蹈中，情感的宣泄、想象的放射，使人们意识到自己处在一个族群和社会中的自豪感、满足感，诚如李泽厚先生在《华夏美学》一文中所指出的那样：“在如醉如狂、热烈激荡的图腾歌舞中，在神秘的巫术礼仪的面罩下，动物性的本能游戏、自然感受和生理情感的兴奋宣泄与社会性的要求、规范、规定，开始混同交融，彼此制约，难分难解。”这种“如醉如狂”体现在先民们鲜艳的服饰、染红抹金等刺激性的感官色彩上，但另一方面，在“社会性要求”的理性制约下，礼的神圣仪式在培育着人性，沉淀出由生活经验、神圣信仰和社会结构的整齐图示，比如“五方”（东南西北中）、“五材”（水火金木土）、“五味”（酸苦甘甜咸）、“五色”（青赤黄白黑）、“五声”（角徵宫商羽）、“五则”（天地民时神）等。

当我们注视着一个个用来烹煮食物的大鼎的时候，李白“烹羊宰牛且为乐”的诗句便浮现脑海，古人说“羊大为美”，《说文解字》也将“美”解为“味甘”，人们享受食物的美味在美学家的笔下，直导为一种审美追求。人们为了满足饥饿感而进食，但在满足于此的基础上进一步追求食物的味道。有资料证明，商代人的饮食已经非常讲究，烹饪技术已经非常发达。新干大洋洲出土的兽面纹双层底青铜方鼎，其造型的精妙之处在于它设计有夹层，可以放置炭火，用以保存鼎内食物常温不冷，在寒冷的时节里使用时，足以温热食物，专家推测它是现代火锅的鼻祖；而青铜甗，分为上下两部分，上面大口盆形的甑，用来放置食物，下部烧水以产生蒸汽称为“鬲”，上下固定，甑、鬲一体，甑底还有一铜片，称为“箅”，箅上有十字形孔通蒸汽，这蒸煮器仿如今天的蒸锅。味甘（好吃）已经不仅仅是一种生理的快感，而开始萌芽了审美意识。在有些国家的文字中，味道一词，就既有口味的含义，也有审美、鉴赏的意思。中国人在欣赏诗歌的时候，也经常使用“品味”一词，似乎都说明了从鼎食之中，我们看到了文化从口腹之中产生。

八

新干大洋洲以及周围广大的赣中平原，为古代南北交通要道，水陆交通都十分方便，东有武夷山，南有南岭，西有罗霄山，北有长江天险，可谓是自成一方，易守难攻。商代虎方，雄踞这块长江中下游的土地，筑起城郭，创造文字，铸造鼎器，发展经济，规范礼仪，创造了一个与商代比肩的文明国度。

从甲骨卜辞屡次记载的商王伐虎的事例中，似乎让我们看到长江中下游两岸战马奔腾，战船林立，号角争鸣，戟戈相击，旌旗蔽日的情景。那是血与火、野蛮和文明相交织的历史，“非我族类，其心必异”，消灭非本氏族、部落，杀俘以祭本氏族的图腾和祖先，成为当时的常礼。而这并不囿于东方，西方十六世纪天主教和新教之间血的冲突，是否也是渊源于这种对“异教徒”天然的仇恨？时至今日，全球各族群、各民族之间的冲突和流血乃至战争，依然时有翻演。虽然人类早已摆脱由血亲和姻亲缔造起来的“差序格局”（费孝通语），已不同程度地迈进现代化社会，但是文明并没有解决人类与生俱来的排除异己的私念和原始动力，同盟国敌对国之间的隔阂依然比天堑宽阔。

在今天江西永修县境内，至今保有两个古地名——吴城和艾城，据说和当年商代虎方有关。史传，哀公元年，有虞氏有女艾，曾经在少康复国中立过大功，消灭了以浇为首的过族。女艾是虞君的妻子，出自艾氏。夏末有虞氏和艾氏南迁，在这块土地栖息，这两个流传至今的古地名，成为我们回望遥远的商代脆薄的取景器。

当然，虎方国留下的痕迹，也还是可以从另外的一些遗迹上探寻。

在当时虎方国的领地，今天九江市瑞昌境内，发掘出一处商代铜矿——铜岭铜矿，经考古学家考证，在商代初期就已经开采，这处濒临长江的矿址，铜矿石埋藏浅，铜品位高，为各政治集团所窥视。商王武丁，曾亲自率军南征虎方，虽没有征服这块长江中下游以南的土地，但在湖北盘龙城建立了一个军事据点，通过贸易，获取虎方的铜料。至今，江西依然是中国铜资源大省。这处目前已知的商代被开采的唯一一处古铜矿，仿佛悬挂在中原和江南上空的一盏马灯，将一片历史幽暗的土地照亮……

如今，在星空下这块几何形状的旧址上，建筑起纪念的场馆，前来探访的人络绎不绝，仿佛一个崭新的大陆在向习惯了采撷遗闻轶事的人们开放。而他们多半会感到失望，因为这块土地几乎和被发现前一样，平常、粗陋如同真正的乡野，那些珍贵的文物已经在别处、在更适合保持和研究的机构里沉睡——这是否是另一种掩埋？只有江上的风从上古吹来，真实而有力，风无处不在，所到之处，事物都留下被它亲吻、撕裂的痕迹。当我们将目光投向这块苍茫的土地，在江上浮现的蜃景和广大真实的乡村文明的场景相互映现和对望，在二者之间，是风在历史的罅隙间，奔跑……

一个“与古为徒”的人

我时常会想起那个时刻：在东八里庄鲁院三楼一间宿舍里，与东君、玄武就着一些咸虾子，喝啤酒。虾子，还有鱼干之类，来自于被东君习惯称之为“东瓯”的温州。四月，北京的泡桐花和槐花开得沉静而亮丽，时光机，在缓缓地旋转，一段仿佛从生命中分叉出来的光阴，将我们聚合在一起。那样的情景，现在回想起来，是诗意和温情的。咸虾子，干鱼，让我想起孔乙已先生的茴香豆和黄酒。而这些东西，都来自于鲁迅的故乡，也来自于东君的故乡——那个临海的南方省份。因而对东君习惯于称之为“东瓯”的温州——这个至今未曾踏足的地方，感到好奇。在报纸和其他媒体中，那是个被商业充斥的城市，东方的犹太人足迹遍布全球。但东君给人的印象，仿佛与此毫不关联，他文质彬彬，举手投足之间，有一种夫子气的迟缓和儒雅，像是一个从古代走来的人。

难以置信，这曾是一个习武成癖的人——他本来就是一个拳师的儿子，因而文质彬彬、甚或有些羸弱的他，居然臂力惊人，为此，他曾与同学中一位粗壮的汉子比划过。这个习武者，同时也是一个粤语歌曲爱好者，一个喜欢出游、说笑、搞怪的人，一个女孩的父亲，一个恋书成癖者——对于一个作家来说，喜好书并藏书无甚奇怪，但东君那来自于许多野史、民间文献和其他晦涩难懂图籍的知识，多少有些与众不同。他将他一部分作品冠之以“东瓯小史”，里面许多似曾相识而又陌生的形象——拳师、弹琴者、清客、乡绅、养鹤人、隐居者、种花人，都不像是活在当下喧嚣社会的人物。在他那首《与古为徒》的诗中，他写道："我的左邻是老子与庄子 / 我的右舍是孔子和孟子 / 荷尔德林跟海德格尔是近邻关系 / 正如梭罗和身居闹市的我 /……/ 我忘记诗经，然后开始写作 / 我忘记所罗门箴言，然后开始写作 / 我忘记陶渊明、杜甫、苏东坡，然后开始写作 / 我忘记但丁、叶芝、布罗斯基，然后开始写作 / 忘我，然后发现另一个我……"这简直就是他的写作自白——从中我们可以管窥他的写作谱系，知识来源。我以为，将中国的古典主义与西方的现代主义结合得如此之好，在当代作家中，他是最出色者之一。

东君赖以成名的作品，带有鲜明的西方现代主义小说痕迹，他的这些早期之作，不难看出博尔赫斯、卡夫卡、加缪等人的印记。因而，如同大多数年轻作家一样，沿着现代主义小说道路狂奔，直捣它的中心——这是东君进入小说的方式。然而，让人吃惊的是，东君近几年的小说，却散发出一股浓烈的"复古"主义气息，一种中国式的典雅和醇厚。他的小说没有庙堂之气，故事的发生地多在民间，那些多少带点侠气、士气、隐逸风度的人，身上没有一丝"俗吏"之气。我对那些故事好奇并感兴趣。由此，便回望这个曾经负笈同窗的人——应该承认，这是个有趣的人，一个浪漫的人。

东君的浪漫不是可以一眼望穿的。恰恰相反，大多数的情况下，他可能给人一种讷于言辞、学究气和慢热的形象。其实东君的浪漫之心是无人可比的。在他恶作剧和突发奇想的举止里，没有一丝轻薄和浮浪之气，而是一种雅趣，一种天真和单纯。由此，你会愈益感觉到他身上有一种我们陌生已久的——士气。我有时寻思，他的这种气息，究竟从何而来？而他刻意不刻意追求的这种东西，是为了什么？

倘若没有东君，我们几个——王十月、李浩、马笑泉等人，对书画的兴趣，不会变为一种实际的行为艺术，不会堂而皇之地结社切磋。东君是倡议者，也是热情的组织者。需要提及的是，此后，回到温州的东君，还曾策展过一次并非商业性质的中国当代作家书画摄影展，分别在沪上和东瓯与寥寥的观众见面。东君致力于发掘久已丧失的“贵族气”“文人气”，是一个真正愿意“与古为徒”的人，这份谦虚里，饱含着巨大的敬畏和自信在里面。他沉静、绵密地去做一件事，就是反僵化和呆板的东西，尽管进入古典，往往会给人一种僵化和呆板的错觉。

他是一个真正读懂中国传统的人——他拈取的是传统里最精华和动人的部分，是在文学上“中体西用”的虔诚的实践者。东君曾经戏称自己是个“东西南北中”的人，如同在《与古为徒》诗中展示的，他着意在东西方、传统现代之间，找到一种文学表达上的平衡，找到一个发力点，这是东君近些年来深入传统而新意别出的原因所在。

东君好书尺牍，尤善小楷。纯粹做个小说家，对他来说，并不满足。他的诗歌、散文，同样出色，而小楷不走“二王”、赵孟頫、文征明等路子，善于从北碑中取法，书风有一种野逸、宽博、浪漫之气。米兰·昆德拉说：“科学的发展很快将人类推入专业领域的条条隧道之中。人们掌握的知识越深，就越变得盲目，变得既无法看清世界的整体，又无法看清自身……”而东君却努力打通文、史、哲、宗教与书法，从而获得一种文化上的整体观，是殊为可贵的。

李浩尝言：“打不死的南方人。”这句戏谑的话，用在东君身上合适。他立足于南方，在浙东南的海边，在他所谓的“东瓯”，一头扎进古典中国的深处，田野采风，精耕细作，采用第一手的民间文书和地方资料，力图在把握孔孟佛老基础上，中国化地表现温州这块带有历史感和文化感的土地。1939 年，从日本归国的傅衣凌，在福建永安离城十多里的一间乡间老屋里，无意中发现一箱民间契约文书，在研读的基础上写出了史学界颇为重视的《福建佃农经济史丛考》。而东君对民间文献的重视，以及他多年来对西方文学的消化吸收并形成的一套系统的文学观念，有助于他从一个宽的视野来理解文学、理解当下和书写中国故事。假以时日，他的带有乡风民俗气质的小说，他以传统为背景切入当代人内心深处的表达，会显得更加别致和醒目。

东君爱唱粤语歌曲《小李飞刀》，这个崇尚侠气的玉面小生，仿佛一个手持利刃的刺客，双手舞弄着花样百出而招招致命的利器，向我们走来——这不是一个蒙面皂衣的刺客，而是一个穿牛仔裤、花T恤的刺客，这个戴着眼镜、嘴唇微紫的后生，手中的利器不过是一册书而已。可能是《圣经》《中庸》《六祖坛经》，也可能是《某某年谱》《某某行状》之类，在他探囊取物、直取命穴的招式后面，有太多漫长的白日和岑寂的夜晚练就的真功夫——像南方夏天的日光一般锋利，也像南方冬日的海边一般湿寒……

山阴道上或迅翁像下

晚明四公子之一的方以智，年轻时在父亲的园中成立一个“泽社”。泽社中的年轻人，多为风流倜傥之士，往往诗酒唱酬，慷慨酣歌，泛足山水，名动一时。我和笑泉2008年在鲁迅文学院读高研班时，班上也有几个素心人，有志于书法，自发成立“鲁八书画社”，我和笑泉都是成员。方以智处乱世，其一生命运多舛，然而也成就了一段大节凛然的遗民志节。鲁八书画社，虽只是几个写作者短暂结成的一个小沙龙，但漫卷诗书，池边戏墨，却也留下一段难忘的记忆。

记得笑泉那时主攻王铎，一本八开字帖《王铎行书诗卷》常不离手。我则由米芾《蜀素贴》入手临帖。坦率地说，那时我们——大约有七八个人，大部分书法底子并不好，缺乏童子功，而正儿八经地临帖更少，可谓没有进入书道，只是喜欢写字而已。笑泉喜欢写大字，他站着悬肘执笔，扎开马步，气势慑人。他写字如习武，有一种稳扎稳打和摩拳擦掌的劲头。而东君同学则喜欢小楷，常一本唐人写经放在手边，不紧不慢地写，如衔针绣花，有一种慢悠悠的情致。他们可谓是两极，落实在他们的小说里，也大致如此。一个追求优美，一个崇尚壮美。

因此，就有了我们结伴去琉璃厂、潘家园、美术馆等地购纸笔、字帖的经历。同行者还有王十月、李浩、东君等人。我们那时对毛笔和纸张缺乏了解。往往是一人扛了几刀毛边纸回来，那气势仿佛要大干一场似的。毛笔往往用得不称手。寻找合意的毛笔成为一件为难的事情。当时有个认识误区，以为书法家的笔肯定不同凡响，因此我们也就不缺乏那种不畏浮云遮望眼的劲头，到处寻笔。笑泉花一百多元在琉璃厂戴月轩买得一支狼毫，果然好写，我们在鲁院小会议室日课时，都纷纷要试他的笔，而笑泉闻之色变，往往不轻易示人。笑泉常对我们说："工欲善其事必先利其器"，对于爱好，他可以不惜血本。

鲁院一楼大厅正中是鲁迅铜像，前面是张乒乓球桌，三两沙发圈在四周。饭前饭后，大厅是大家交流的场所。如同铺开的纸笔，总让人忍不住想上去涂写两笔，这张绿色球桌也总引诱着学员捋袖子欲试身手。我和笑泉在上面也挥霍了不少时间。而迅翁将这一切都收藏眼底，他默默地望着一拨拨人前来朝拜，又一拨拨地离开。没有香火缭绕，却有文学的心香一瓣，藏在各自心头，作为对迅翁的敬意。

鲁院学习，进修写作是主业，但我们这帮人却将零食当主菜，乐此不疲。忽忽五年过去，鲁八书画社同志至今都还保持着这份兴致，书艺自然有所长进。王十月在《作品》当编辑，编发我们的书法作品多次，而东君更是在上海和温州，策展了"山水的声音·中国作家书画摄影展"，把动静搞大了。

作为湘人，笑泉的相貌有几分霸气，写字，打乒乓球，无不流露出这种气质。但他其实也是个感情细腻、有绅士风度的人。在极少的几次K歌活动中，笑泉都唱刘德华，以至于我们戏称他"马德华"。笑泉看来演绎刘德华颇有心得，唱得也总是深情、柔婉，与他外表给人的感觉差异很大。

作为鲁迅的铁杆粉丝，他的谈吐不离迅翁。因此，他的文字中也有着鲁迅般的金石味。他的"愤怒青年"系列小说，其中有篇《打铁打铁》，少年情绪，街头风景，让我想起家乡的县城。湘地尚巫，他的多篇小说汲取了这份民间资源，如《梅山》《师公》等。他在小说中建构了一个边地县城世界，又从民间文艺资源采掘矿藏，创作具有鲜明地域和文化特质的小说，因而既坚实有力，又丰饶多姿。

笑泉不是那种讷于言辞的人。每次学员研讨，他的发言都有亮点。他的表达既有内容也有文采，如果说他外貌给人强悍的感觉，发言则给人很浓的书卷气。坚实，而有力度，不无的放矢，我想他的这个优点，到高校做老师也是合适的。

笑泉读书，有自己的方向和主张，他的写作也是。他总是一副胸有成竹的样子。生活中他很有条理性，饮食起居，总是踩着钟点。看得出来，良好的生活读书习惯，来自多年的养成。他的身上有着一种与年龄不相匹配的少年老成、笃定认真。他既不孤僻，也不喜欢凑热闹。他那双犀利的眼睛扫视着眼前的人群，对于谁是可以说话的人，谁要敬而远之，他似乎心中有数。

在另外一些同学眼中，笑泉也可能是个难以接近和具有攻击性的人，因为挑战他的个性将是件很麻烦的事情。他的较劲和反击，有时使一些可爱的女生会对他敬而远之。但是，他同时又会使另外一些女生将他引为同道，彼此能够共鸣和欣赏。

离开鲁院五年，我和笑泉联系很少，但并不意味着疏淡。我们大约属于无言但却彼此信赖的人。2012 年秋天，我和笑泉在“三名楼笔会”上又见面了，并一路同游，在三清山、婺源和景德镇，在赣东北秋天微凉的寒意中，饮酒欢歌，仿佛一段从鲁院延伸出来的时光。记得在鲁院，笑泉喜欢穿红色T恤，这次见到仍旧是件红色T恤，蓝色牛仔裤，既不保守，也不时尚，他稳守着一种沉着、坚实的风格。除了更壮实一些，时间似乎没有在他身上留下刻度。

我和笑泉属于湘赣近邻，两地山川和人文很多相近。有人形容就像摊开的两片叶子可以合并起来。但湖南却是我游历最少的省份之一。虽然如此，但并不会让我有丝毫的陌生感。就像我和笑泉，几年难得一见，但一见之下，那种熟悉和欣悦依然扑面而来。

以笑泉的资质和笃定，不难想见，他在文学的路上将走得更远。但我更想和笑泉一起，铺纸写字，在墨汁的沉香中，在转腕的提按中，在无言而寂静的夜色里，写下时光深深浅浅的印迹。

蒙蒙细雨中的阳光

有一次，几个散步者倚在公园的桥栏上，遥望着黑暗中的灯火闲聊，对于习惯在电脑前枯燥地敲打键盘的手指来说，适度的休憩，和触摸“生活”的肌理，无疑使它们感到欣悦和满足。一个白面长身的女人——后面跟着两个黑色装束的年轻人，打他们面前经过，女人手里牵着一头黑乎乎的动物——它竭力想挣脱颈上的锁链——将鼻子伸到我们的女作家脚下嗅闻，让她发出了又惊又喜的尖叫。我们看清了那是一只黑熊。多么不可思议！此后，在回去的路上，与公园一墙之隔的动物园里，散发出的强烈的腥膻味，强化了她眼中因兴奋而灼灼的目光。

这样的场面在她的文章里是不多见的。她的小说、散文，总是洋溢着另一种更“高级”、更“时尚”的气味——她曾经就用《向往高尚生活》做一个小说的题目。我的理解，精致而略带点前卫感的生活，是她的（或渴望的）生活状态。一个诚实的写作者，总是比较喜欢写并非只存在于他（她）想象中的生活。因此，我感觉，她笔下的人物，那些游走在银行大厅、写字楼、时装屋和西餐店的年轻女人——她们就生活在作家的周围，也很难说，她们身上的阳光，不是部分地从她自己身上折射过去的。

她以早慧而成熟的文笔步入文坛——我还在县里教书的时候，身边有个朋友姓黄，偶尔给她供职的青年杂志写稿，不遗余力地在我面前鼓吹她的散文。我当时还沉浸在诗歌形成的云蒸霞蔚的幻觉里，对别的体裁并不很在意和重视。她当时写的一些散文，说实话，我觉得好是好，但毕竟表达出的感受，与我当时的生活距离太远。这几年，我的生活变动很大，有时甚至显得矫枉过正——我惊异地发现，以往拒绝的东西，也正部分地渗透到我的笔下。我通常欣赏那种有些笨拙，但很有力的小说。而她的小说，则充盈着游刃有余的线条、如早春般稀薄（但还是温暖）的阳光、蒙蒙细雨中半明半晦的回廊，以及剔透和洁净的文字肌理。她的小说让我感觉到，除了那种"西西弗斯"般的文本外，还存在另一种"四两拨千斤"的可能。她文字内的怅惘、缱绻，和决绝的寒冷，有时让我想到张爱玲。

朋友们说她缺乏与人交往的热情。我感到自她那个年龄段以后的女性，大凡都表现出某种既淡然无情，又成熟、疯狂的一面。她们像夜晚天际燃烧的陨石，冰凉、固执、无动于衷，但你不能将它等同于冰碴。恰恰我以为，她的冰冷，其实是为了更集中地聚敛内心的温度。像她写的："我等待灵魂的做伴，就像两片依偎的雪花"。

最近读到她的几个小说《悬念》《雨水正白》，以及她新近某篇散文的描写："其实三十岁还不到，对死亡却有越来越大的恐惧。发自肺腑的，连细节都想到了——从合上眼睛的那刻起，想到会有多少真心实意的泪水，与痛苦，想到希望碰上一位手艺好些的化妆师，想到用什么优美器皿盛装肉体的灰烬……"我感到震动。当我们习惯她漫不经心而又孤独无望地描绘爱情的烟红底色（用金色或孔雀蓝勾边）时，她已深入"死亡"幽暗的内心。对"死亡""消失"这样主题的关注，是否是她为了使自己走上深刻和厚重呢？我没有看出她变化的痕迹，她转得自然而令人心惊，像一个善于颖悟缪斯的人，总能拨开遮蔽在真相之上的乱草，找到柳暗花明的途径。

就像一件“有内伤的乐器”，我们在其炫亮、细腻的表象之外，总难管窥到它锈蚀、晦暗的部分。我以为，一个在生活中屏蔽的作家，在文本中反而是敞开的，挑开那些虚构的文字经纬，反而更容易把握其真实的内心世界。

她是个歌迷。陨落的张国荣曾挥霍掉她眼中经年的泪水。有一次，在一次聚会上，她戴着一副墨镜出现，我问她是否为遮挡哭肿的眼睛，她说是为了摆脱戴近视眼镜的烦恼，前几天刚做了手术。哦，这个苛求完美的人——我认为戴眼镜没有什么不方便，搭配的好，甚至可以遮掩脸部的某种缺陷——而她却为此付出了一笔不菲的手术费，和用一个多星期的时间来承受肌肉的疼痛。和她在一起唱歌，是另一件比较困难的事情，趣味上的相去太远，使我们很难达成相互欣赏。她不满地说我们唱的歌太老、太土；而她唱的歌我们说听不懂。她的目光总是凝固在面前某个点上，表明她的内心已在室外的大街上游荡，像跻身在呼啸而过的地铁，在急速交叠、切换的面孔、灯火、广告招贴之间沉醉地消失……

在时代纷然如潮水的境遇中，文学想要重新成为观众趣味的核心，已是一件非常困难的事情。在许多写作者适时地改头换面时，她似乎越来越表明出一种职业作家的态度。我记得，那天聚会散场时，由于多日天降暴雨，将这里的街道变成了河流，出租车像快艇一样剖开两道壮观的水花——她是否也要把大众散步的街道，变成一条文学的河流？而流水退后，水泥路面重新暴露在阳光下；那些在商业大街闲庭信步的人们，谁又曾记起某个午夜这里升起的水花？虽转瞬即逝（像烟花），但毕竟使一个平庸的夜晚，赋予了某种节日般的意味……

有关L先生的夜晚和记忆

我记得L先生，那时住在学校琴房后面教职工单身宿舍。那种只有一层的平房。砖是红砖，瓦是黑瓦，门前有几丛碧绿的芭蕉树。宿舍前方是走廊，L先生经常晚上走出房间透气，在走廊上发呆良久，头脑里构思一副迟迟难以问世的油画。他是西方古典油画的拥趸。但某一天，他突然用一种决然的语气对我说，他极讨厌安格尔、鲁本斯，而对德加和塞尚奉为神明。迟至今日，我的理解，并非是他对古典画家嗤之以鼻，而对印象画派另眼相待——他喜欢的画家，一辈子不结婚的占了多数。不知这是否可以作为他至今独身的一条线索？安格尔、鲁本斯在世时，颇负威望，生活过得有滋有味，可谓要风得风，要雨得雨；而德加之类则命运多舛。我私下里认为，他不仅欣赏那种时运不济的画家，而且身体力行去实践。这位个子一米八零，长着一张类似裴勇俊般清秀、迷人脸庞的男子，按理说应该拥有一种完全不同的命运。

他的宿舍，一间十几平方米的房子，堆满了画布，颜料，一些未完成的半成品，大卫和酒神的石膏像，通过墙上的镜子分别繁殖出两个，浓重的松节水和油画颜料的气息充塞在窗户紧闭的室内——一年四季，他从来不打开窗户，仿佛，生怕窗外的风会吹走氤氲在室内的神秘的“灵感”。整整一个冬天，他几乎没有去过浴室，他不洗澡的怪癖，有时会成为我们背地里谈论的话题。那时，我们几个被他认为大有前途的学生，常常晚上一起来到他的房间，带着画作向他请教。他坐在幽暗的镜子前，用一面画板当作的工作台上，黄色的台灯照着：一本翻开的英文字典，半杯全脂奶粉饮品，一把小提琴，几把油画刀，来不及丢到纸篓的擦了画笔的纸团……他埋头在镜子前画自画像——我不知道他算不算一个自恋者，他的墙上挂满了自画像，有铅笔画的，有用颜料画的，地上还层叠了好多张——足以用来举办一个展览。我记得曾经非常喜欢他画的一张小提琴和陶罐、书本、水果的素描。我们进到他的房间，他仍然没有停下来，我们蹲下去，看放在地上的这幅素描，听见他的铅笔在白纸上发出悦耳的"沙沙"声。他的单人床，灰白色的床单上有他通过台灯投放其上的身影——卷曲的长发、饱满的额头、高挺的鼻梁，依然清晰可见。他的被褥，我想大概也是长久没有洗过了。他居然像个有洁癖的人——比如，他几乎不和人握手；对于刚从球场回来的满身汗水的学生，他会毫不客气地直言不许靠近；有时他让我们停下手中的画笔，围坐在他身边，和他一起欣赏德加的画册，他会小心翼翼地翻动纸页，决不允许我们带有污垢的手指去碰触册页。

我记得他的严厉。有时，整整一堂课，他自说自话——他斥责的范围，往往从对我们的失望开始，然后扩展到对校方的失望，对生活的失望。而我们默不作声地、非常配合地呆坐在那里，看起来非常紧张（内心其实非常充满喜剧感）。我们用诚恳的表情望着他，既不点头也不摇头，就像画台上的石膏像一样，任凭他话语的箭镞毫无方向感地到处乱飞。

他就像一个紧密的词一样，贴近我们密不透风的生活，每天至少有十来个小时和我们待在一起。当他心情好的时候，会无私地把自己的颜料、画布、心爱的画册赠送给我们。当我们的表现，令他更为满意的时候，他会带我们出去写生，去发现凡人观察不到的隐藏在大自然背后的美。

毕业十多年以后，我们这些同学分布在四面八方。而他，还待在那个叫吉安的小城，一所日益萎缩的师范学校里。在日后发达起来的学生的眼里，他仍然没有取得成功，无论是世俗意义上的财富，还是艺术上的功成名就。他是否还在那间琴房后面的单身宿舍里，房门紧密，在镜子前喃喃自语，低头画被时间变老的脸庞？我们不知道。毕业后，我很多年没有回过学校了，我不敢去，不是因为我没有继续画画、努力追求艺术，而是别的难以说清的原因。

我们，一直在期待一个结果：他的功成名就。随着时日的推移，我们对这个结果似乎不再抱有希望，我们不愿去面对他，在他没有取得成功之前。这使得我们一经毕业，就和他分道扬镳了，而要等到再见的那一天，恐怕就像去抓住镜子里的石膏像一样空幻。

L 先生的阴郁气质，和夜晚有关。在他大卫一般深邃、凹陷的眼睛里面，缺乏阳光的暖色和明亮，而是夜晚般的沉重和忧虑，甚至从他的衣袂、神态和话语中，都可以体察出黑夜况味。一个长期浸淫在黑夜中的人，如果不把自己变成一个愤怒青年，似乎就会变成一个疯子。

至少在毕业后的一两年里，我依然在沿着 L 先生指出的道路前进。我和我的同学 × 相邀来到北京，在西八里庄租了一间平房——依然记得上班的公司叫“卡玛”，它的总部在韩国，老板和管理者都是韩国人。这是一个有着 200 多个画师的大公司，画师大多是大学美术院系毕业，来自四面八方。偌大的画室，广播里喧哗的音乐、评书，一排排画板前忙碌的景象，让人联想到“工业”意味。我们只是一些油画产业工人，显然与艺术本质是背道而驰的。我就在一种非常苦闷、彷徨的心境中，度过了 20 世纪 90 年代初北京的冬天。

正是在这个时候，L 先生也来到了北京进修。显然，他也意识到，在一个信息闭塞，欠缺交流的小城，对追求艺术是不利的。最直接的办法，就是来到北京。这好像是 20 世纪 90 年代为数众多的诗人、歌手、画家的共同想法。L先生租住在北京东郊一个已经想不起名字的村庄。我和 × 骑着自行车，几乎穿越整个北京城，来看望他。是一个黄昏，我们来到一个陌生的村庄（北京那时有无数这样面貌相似的村庄），推开院门，看到他在一个煤炉子前挥扇着一把破蒲扇，黑色呛人的煤烟弥漫着整个院子，他的样子看起来狼狈而且不适，脸上手上有着几块明显的煤痕。在此之前，我们知道，他为了离开小城吉安，考过几次美院研究生，每次都运气不佳，我们看过他的成绩单，专业分数很高，不是政治，就是外语，差几分。他归罪于自己心理脆弱，面临考试总是失眠和紧张，不能正常发挥水平。他的房间，几乎就是他在师范学校那间的翻版：简单的几样家具，墙上挂满了油画和素描，一种临时客栈的贫寒的气息袒露无疑。他在中央美院的油画进修班学习了一年。我们为他的到来额手称庆。以为他终于往一个美好的梦想迈出了关键的一步。如果他还在那个小城的学校，这个梦想毫无疑问只会成为一个泡影。

读书时，我们身上的土气常常受到他的嘲笑。虽然我们知道他的老家也在一个僻远的工矿。他经常在我们面前显露他的优越感，他有个聪明的弟弟在英国——甚至一度帮他运作出国事宜，但最后都不了了之。

我最近一次见到L先生，是一个夏天，他参加省城一个油画展。撤展时，我和他一起扛着这巨幅油画，走在南京西路，去往他一个亲戚家中——暂时将画寄存在那里。他身上、脸上和我一样，满是汗水。夏天的阳光耀眼，这条有些混杂的街道，两边是众多杂乱的店铺，就这样，我和他在这条街上越走越远……

注：此文写于十年前，本书面世时，L先生已调往上海，成家多年，并已成为一个女孩的父亲。本文的戏谑风格，不改我内心对L先生保有的极高敬意。

重现往昔

一个曾经在“加州旅馆”演唱的歌手，出现在我们面前。我们几乎同时认出了他。在这幢摩天大楼顶层的酒吧里，我们将迟暮青春的伤感上升到电梯间的眩晕和俯瞰夜晚的高度。像橘黄色的糖衣里包裹的一块硌手的石头——他在灯光下发散着与室内的年轻和激情不相协调的沉郁和老旧。他确实有些太老。在铺着绛红色的漆布桌面上，闪闪发光的玻璃器皿里装着鲜艳的饮料、甜酒，像气球，等待那些年轻、白皙的手指，放飞它们到空中去。脱去外套、腰肢细长的美女在我们和歌手之间来回走动。歌手唱的都是一些老歌：崔健早期的《一块红布》《花房姑娘》，台湾 20 世纪 80 年代的校园歌曲《橄榄树》《童年》《外婆的澎湖湾》，出人意料地获得了一些掌声。

在几个妖冶的据说来自东南亚某国的少女登台，摇曳起舞时，我注意到他——这个已近中年、满脸沧桑的男子，隐身到一张黑暗中的沙发，双腿搁在前面的茶几上，默默地抽烟。整整一个晚上，除了唱歌，他并不打算说话，仿佛生活的滋味已在那些老歌中说尽了。我忽然就想到阿良，一个少时的同窗，整天把时间抛掷在打鼓上面的一个农村娃。像眼前的歌手一样，有着一副显然营养缺乏而显得矮小的身材。这时候，也许正在南中国某个城市的酒吧之间赶场，在凸型演出台、计程车、出租房里，安顿风尘仆仆的身体。

这曾经是一种他向往的生活。这个总是易怒、激动的矮个少年，习惯站在聚光灯下，出现在演说家应该出现的位置，鼓励眼前这些青春萌动、忤逆懵懂的幼兽们，团结一心，努力打破社会规范在他们身上的“枷锁”。他显然比我们显得早慧、富有心机。如果不是执着于架子鼓，他或许能够成为一个出色的演说家。

我仍然会时时记起那个年代，对于我们这些生活在20世纪80年代偏远小地方的少年来说，营养匮乏是如此普遍。但我们却那么狂热地爱着诗歌、艺术这些关乎精神的东西。爱情的神圣感则与之互为镜像。湿热的泪水总是将爱情抬到只适合仰视的高度。阿良的家境，在班上平均线以下。布满菜色的脸上是一头蓬乱、翻卷、枯黄的长发，仿佛一只秋天的鸟巢，两片带南粤特征的嘴唇永远呈现紫黑颜色。

他在音乐上的聪颖，使他总是能够成为校晚会上的主角。但他其实是一个癫痫症患者。而病症，也不择时间地爆发出来。好几次，他被老师叫到黑板前答题，突然就像一个陷入梦魇的人一样僵立不动。我们第一次目睹他仿佛思想家一般思维进入时空隧道的模样时，惊讶得目瞪口呆……另外一次，在郊游活动中，我们骑着自行车狂飙在315国道，他突然像一只逸出方阵的大鸟，直扑向公路边的田野，眼看就要和一辆避之不及的汽车相撞。直到将他从田野里架上来时，他才像如梦初醒，若无其事地拍打身上的泥土。

在他身上，我们看到一个隐藏在暗处的蒙面人，在操纵一个提偶。我们庆幸自己在睡眠之前能保持清醒的完整性。又不免对他怀着隐隐的揪心。他是个经常被病魔偷袭的人，生命总不由自主地陷入麻痹、假死和停顿的状态里。

而有一回，他却离死神真的只有一步之遥。

毕业以后，他分在家乡的一个学校教书。很快他就请假离开了那个乡村，去了广东。我们重复着相似的命运，像知青下乡一样来到了广阔的农村。只是我们身上的力量，还不足以使我们有勇气走出去，还在等待、观望和挣扎着度着苦闷的青春。听说他混得并不好，经常丢掉工作，又不断地找。风餐露宿想来也不是没有的事。可能还会经常陷入与异性之间情感的纠缠、瓜葛中。当然还有一个乡村少年与大都会之间艰难的磨合——要去掉多少身上的泥巴、寒碜突兀的举止，才能真正成为一个出色的酒吧乐手。

他败下阵来了。

两年后的某天，他回到了那所乡村学校，紧闭房门一整天。当感觉不妙的同事撬开门进去时，看到他躺在血泊中，右手手腕还在汩汩地流血，一片锈迹很深但依然锋利无比的飞鹰牌刀片浸泡在血里。这件事很快就在教育界乃至全县传开了。我们至今无人知道他当初想放弃生命的真正原因是什么？

他活过来了。用医生的话来说，只差半步就没命。这个拒绝被死神接纳的人，在医院里平静地躺了两个星期后回到了家中。

几年以后我参加了他的婚礼。他入赘在我家邻县，巧合的是，他妻子家对面住的，是一个我曾经暗恋过现在已远在外省的女同学。他不打算回到那个曾经被他惊动的县城去。又回到了那一个个使他着迷的舞台。在长达十多年的飘荡生活中，那种年少者身上的幻梦色彩，恐怕多已被生存的压迫感、劳命奔波的艰辛所取代。他已完全是个职业乐手，追求艺术的冲动和纯洁性已完全替换为混口饭吃的现实性。是否也经常像我面前的这个歌手一样，在演出的间隙里，独自默默地坐在角落里抽烟，颓废、落寞、忍耐、无谓……

而在这座高耸的建筑顶层酒吧里度过的一晚，让人难忘：面前的歌手抱着吉他孤独歌吟，在他身后，整块落地窗上映现着宽阔的赣江对岸的点点灯火，它们和室内的灯光交织、重叠、混淆难辨；夜空的浩大足以吞没掉下面的城市、建筑、行人。灯火，也像夜的身体上一个个灿烂的伤口，流淌着诱人的、炫目的、危险的光泽。而灯火的明亮，同时强化了灯光下生活的迷离、恍惚和不真实感……

在线条中沉陷

这世界注定有一些能够给我们带来极度愉悦感的人，冷冰川，就是其中一位。单若仅仅是读着这三个字：“冷”“冰”“川”，也是极具画面和温度感的，这感受让人寒冷和无望。在他的黑白版画里，那做着“仲夏夜之梦”（陈丹青语）的少女，自顾在繁花如梦的时光里袒露她们的身体，那份单纯，天真，当然也包裹着令人痛苦的情欲，在提示着一种生命的状态；时光就在窗外流逝，葳蕤的植物和礼貌的鸣禽，共同构成了少女懵懂、羞怯的一部分。与其说他的画是忧伤的，毋宁说是宁馨的。忧伤似乎没有损伤这美的画面——在少女的梦中，礼花一样斜坠的流星没有激起生命的痛感，它们只是像女孩脸上略微诧异的神情，然而只是短短的一瞬，就像百合花悄悄地将它的微笑藏起来一样。

我曾经心仪德加的舞女，在斜的舞台滑向那促使身体转动的音区，在那休止符的间隙里，身体的短暂休息只是为了更快地起舞，“我跳舞，因为我悲伤”，身体的起舞已经成为不单纯是为了艺术的生命实践，而必须时刻接受美的暴力施与和精神惩罚。那些舞女，已经被视觉和画布双重束缚，历史性地成为囚徒。这也正是深为打动我的原因。在冷冰川的作品里，这些黑色女体，只是以她们最放松的方式呈现在那里，她自己梦见自己的身体，与阳光、飞鸟、植物、河流在一起。在她们自洽、圆润、神秘的生命里，等待，或者了无牵挂，就是她们全部的希望所在。

这样的画面，让人想起日本浮世绘，想起沈复的《浮生六记》，以及钱塘江畔其他才子写的《香畹楼忆语》《秋灯琐忆》之类。因为这样的女子，是那样的静美，沉陷于自己美好的生命和愿望之内，甚至没有伤痛——即便有，那也成了装饰生命的一部分。我注意到，冷冰川一再地让这些裸女，出现在闺室中，却让人不生邪念，只是感叹她们，任由时光噬咬她们的肉体而不知觉，仿佛广玉兰花因为开得太盛，太饱满，而从枝头沉重地坠下，也无所知一样。她们对镜梳头，寂静，使屏风上的鸳鸯游出了画屏也无知觉，她们一心一意，目光向内，不行动，不言语。这样的时光大约是安妥的，可足信任的。

我为目睹这美而引为乐事。若论朴素和粗率之美，甚或荒凉和粗粝之美，我们是可以随手抓上一大把的。而这份雅致、和谐，带给我们的视觉盛宴，如同艳遇一般不具有日常性。

它为我们苍白、潦草的生活提供了相反的镜像，给予了慰藉。

线条是他的材料，也是符号，而它竟纤细如此，仿佛吹弹得破。这线条是有弹性的(像日光的蛛丝)，柔弱无骨，使人生了怜悯和爱意。冷冰川对线条怀着固执的病态，因为它总是站在断裂、停滞的反面。他信任一种肯定的、清晰的走向，哪怕是夜晚的凫鸟，它的翅膀也是相一致地应和水流的方向，不会在美的秩序之外逃逸。我有时不免担忧，这份近乎苛酷的美，就像古希腊哲学家头脑中的绝对理念，不给我们稍微将领结松懈下来的片刻。

而在他的油画中，我的疑惑得到消解。这些看似即兴的、诸种材料汇集而成的形象，是放任和天真，无论是人物、风景、花鸟，在这些似是而非的形象中，有童心、禅机和觉悟。阅读这些作品，是愉快的，甚至比他的黑白作品，更让我们愉快。当然，我们对于画家藏匿不显的运思、机智，是不知晓的，我们像迷途者，掉入了画家事先挖好的陷阱里。

郊外的陶吧

2004年秋，庐山脚下一幢农户般的院落里，一个下巴蓄着胡子而头顶光溜的中年人，接待了我们这群来访者。他是这幢建筑的主人——从外观上看，像一个教堂，有着尖顶的斜坡式屋面，下面荫蔽着红色砖块，没有粉刷砂浆，更没有贴上瓷砖，一楼的窗户装着铝合金窗（里面被深色的窗帘布遮挡着），二楼的门窗木质结构（据主人说，全是他从农家拆除下来的废物利用）。院子很大，尽管已经入秋，但仍显得杂草丛生，桂花的香气在空气中不可阻挡地弥漫着，走过一条七八米长青砖铺成的小道，就到了主人的作坊，里面堆着许多泥巴，和不少搁在架子上的泥塑。主人姓殷，名俊峰，早年毕业于景德镇陶瓷学院，在广东佛山的陶瓷公司干了十几年。离开佛山，“归隐”在这山脚下，源于一时冲动。我理解为是一种心灵的饥渴。主人刚来时的前几年，这里除了三两户农家，几乎渺无人烟，而随着他陶吧的声名鹊起，来这里的人越来越多，以至于有人在旁边盖了几幢酒楼，做起招徕客人的生意。

通常他把作坊兼作会客室，一片空地上，放着六七个矮凳，一张红色茶几上堆着几个他亲手捏制烧做的茶具，我们就用这奇妙的茶杯喝茶。那些泥巴，或被捏制成牛头、圆盘的造型，挂在墙上，或做成硕大、圆鼓的女人的塑像，立在地上。秋天的阳光照着我们，主人的谈兴很浓，仿佛我们是他久违的亲戚。

其实看得出来，他的生活还是比较清苦的，尤其在寒冷的深冬，这里依然人迹罕至，来自长江上的风，加倍地制造椎骨的寒冷。而他一家三口则整天靠着炉火打盹。他的作品虽然被一些老外带到他们的居室，小心地放在天鹅绒布的橱柜里，但仍然极少卖出。一方面出于他对自己的苛求，总是等待着下一个更好的作品问世，来将前面这一个，从架子上扫落下来；另一方面他对物质的需求降到最低，以腾出更大的空间，让思想在无界的时空中漫游。他希望每一个收藏他作品的人，都是一个最懂得欣赏它的人，否则无论出多少钱都宁可不卖。偏执，使他从人群里区别开来，但也使他的艺术走上一条更为自觉的道路。

来这里捏泥巴、做陶艺都是免费的。我们身后的架子上放着许多烧制好的“作品”，等待它们的主人前来领取。

选择这里作为修为的场所，主人是经过仔细选择的。首先这里僻静但不荒芜，从自然条件上来讲，这里气候温度适宜；其次，庐山蕴藉的文化，使他的想法能够找到碰撞的火星。但久居山中，过于沉湎自己的内心，也使主人几次产生了出世的念头。有一次他在东林寺打坐静悟，不可遏止地想要剃度出家。我想我能够理解这种处境，艺术与魔咒，尘俗与净土之间，有时只是一念、一瞬和一分的界限。高更如果不是后来因为取得成功，他 35 岁辞去银行职务，38 岁与家庭断绝关系，跑到大洋中的马提尼岛过着野人般的生活，绝对可以被视为荒唐的举止。

我们面前这幢红色建筑，是主人自己一砖一石做起来的，这是他来到这里以后创作的最初也是最大的一件作品。自从他开始建造房子，就有一条巨蛇盘踞在院子中，但从未伤害过人，主人以善良之心对待院子里的每一种动植物，用他的话说，他在这当中用心去营造一种和谐，这种和谐，使万事万物相爱相亲，相辅相成，共生共荣。我想我体察到了这份奇妙，从一进入这个院落起就有这种感受。

主人养了两条狗，一条是橘色的高大健壮的德国牧犬，另一条是状如波斯猫的白色宠物，它们对我们这些造访者都极为友善，绝不像这种深山当中龇牙咧嘴的悍犬。而连接着红房子和厨房的桥廊下面的鱼塘，里面悠游着红鲤，这些鱼已经与主人厮混得太久了，以至于他伸手下去抚摸它们，鱼并不感到惊慌。

在我们与主人交谈时，来了几个不速之客。是峻峰二十年前的大学同学，专程从深圳过来看他。这位同学的生活状态，显然出乎他们意料之外，同时也使他们倍感兴趣。中午一起进餐，餐厅墙上贴着几张随意涂鸦的画，都有一种天真稚拙的童趣和超凡脱俗的韵味。有一张画了几只大头蜜蜂，题字是“前方发现食物，弟兄们往前冲啊”这样看似完全不搭的文字。午饭是自家种的菜蔬和鸡窝里的土鸡蛋，餐桌由架在小方桌上的几块画板拼凑而成。这样随意而奇妙的午餐，我没见过，却享受到真正的用餐的乐趣。在主人的邀请下，我们参观了他的居室，地面以及楼梯铺着厚厚的杉木地板，未上任何油漆。除了一台背投彩电，所有的家具都极为古旧、简单。二楼的大厅像个陈列室，摆放着主人引以为豪的作品，还有几幅上庐山写生的画家赠送的画作。这些看似简单的家具，其实价值不菲，它们大多出自明清，而橱柜里还密藏着主人收集的年代更久的瓷器、陶器。墙上有几张招贴，记载着主人曾经参加过的展览，一些线条宽大、方正的书法(看起来接近于构成)，给我一种殊异的感受。楼上的每一处角落都透着一种灵气，同时也有一份难掩的寂寥。

因为喝了酒的缘故，主人反倒不像上午这么健谈，眼神也显得有些沉郁。他的儿子，一个七八岁的小孩(长着一张聪明顽皮的脸)，在我们面前表演骑滑轮车的技术，而他的父亲，表扬了一句后就把他赶下楼去。他的妻子，一个据说极为贤惠的女子，自始至终未发一言，她上来看了一下便也下去了。我突然对面前的这个男子产生了一丝怜悯，他始终是强大的，然而在某些时刻，他的眼神也显示出某种哀伤、怯弱和孤寂。即便他为周围的村民们带来了收入，但他仍被视为不可理喻之人。他的儿子，一个聪明的男孩，却不得不在附近一个乡村小学上学。他有时几个月不下山，对于应付我们通常的生活,感到极为痛恨,而他的妻子则默默承担了家庭所有的负累。

我工作在一个艺术家群集的机构，然而我感到，面前这个男子才是真正的艺术家。一个卑微的同时又强大的人。一个偏执的同时又善良的人。一个颇有才华但名不见经传的人。

离这里不远，是暮鼓晨钟的东林寺。而他的红房子，像是凡·高的阿尔、高更的大溪地、梭罗的瓦尔登湖。从莲花峰下来的人，能够看到它，跟周围的农房没有多大区别，却不能看到里面的秩序与和谐，不能听到架上的泥塑在静默的夜晚发出的美妙歌声。

流沙坠简

诗　人

20 世纪 90 年代初，我在赣西一所乡村中学做老师。经常回想起那段岁月，一种久违的时代氛围依然扑面而来。那是一种有如夏日暴雨过后尘埃的甜腥味。我经常在一幢平房的某个木窗下阅读和写作诗歌，内心沉静、欣喜，也有些微的不安。这不安来自于对未来岁月无可捉摸的焦虑和彷徨。从内心来讲，我很喜欢在乡村的教书生活，自认为首肯一切简单、朴素的事物。这些事物呈现出一种单纯有力的形式。闲暇时，我还会到学校周围的村庄写生，在速写本上勾画村舍、树木、稻田和山冈。那时我对自然风景的关注与对内心世界的探究一样多。

时常写作诗歌，大多和乡村、历史有关。那时的诗歌刊物，经常以“校园诗人”栏目发表学校师生的作品，而且注明作者单位。我因此每日收到不少全国各地陌生朋友的来信，有的是诗歌同道，有的是为了交友。记得有一次，和石立新在同一期《诗神》（现改为《诗选刊》）发表诗歌，他照地址寄来一张明信片，上面写着“狂者进取”，语出《论语》，“子曰：不得中行而与之，必也狂狷乎！

狂者进取，狷者有所不为也。”那时的诗歌是鼓励先锋和探索的，可与孔老夫子这话相契。而我和石立新的交往似乎也仅此一次，只是多年过后，他写给我明信片，以及明信片上潦草、宽博的字迹却依然记得。

多少年以后，我们已不再是当初专注诗歌的青葱小伙。时代的氛围都发生了巨大的变化。我曾数十次在梦中，回到了山冈上的乡村中学，在学校食堂、单身宿舍、空旷的操场停留驻足，仿佛从未离开过。醒来后，感觉神情恍惚，不知今夕何夕，身在何处！回想我接触诗歌的背景，其实是伴随着 1989 年 4 月海子在山海关卧轨自杀，一个抒情的诗歌时代轰然结束而开始的。在此之前，尽管诗歌流派纷呈，主义繁多，但大多在诗歌艺术和理想主义的道路上殊途同归。随着时代的转型，诗歌的内部也产生了巨大的变化，抒情意味浓烈的 80 年代诗歌，被冷静叙述的 90 年代诗歌所取代。海子可以说是最后一个抒情诗人，和他命运相似的诗人，还有戈麦、骆一禾等人。他们的命运恰如彗星，在人类幽暗、广袤的天空，划出一道炫亮的光焰，然后迅即坠落、冷却。90 年代诗歌，冷静有力，抑或喋喋不休，琐碎的叙述，成为主流。对内心图景古典的赤子般的咏叹，替换成对外部灰漠、平庸的日常生活做不厌其烦的扫描和支离破碎的诉说。90 年代，“民间写作”和“知识分子写作”的争吵，以及后来“下半身写作”和“口语诗写作”的出现，使诗歌的面目变得更加模糊、支离、破碎，无法看清。大众对诗歌的放弃始于此。

但八九十年代以来的小说、散文，一直在充分享用先锋诗歌的遗产。那些从诗歌转型到小说的作家，以及那些被指认为艺术水准上佳的小说家，都有从诗歌借鉴、取用的痕迹。因为诗歌，天然地和哲学、自然、宗教相密切。诗歌是最不容易实利化的艺术。当小说面向大众、大面积覆盖集体心灵盲区，或投身影视，成为新媒体时代的宠儿时，诗歌永远是独立的、秘密的、适合少数人阅读和在极少数心灵里掀起风暴的。不消说一般读者，我接触过一些小说、散文作者，他们对诗歌的阅读和理解，和普通读者一样模棱两可、不着边际。

李敬泽在一篇《黄金少数》的文中说："在人类历史上，大概没有哪个群体像诗人们这样持续地、坚决地维护着自己的少数地位——历史的总趋势是，越来越大的大众以极强的胃口，消化掉那些骄傲的少数：儒生们、贵族们；只有诗人，这个无权无势的少数，坚定地守护着他们的'圣杯'或'约柜'，他们认为他们掌握着某种特殊的真理，某种被个别地和选定地透露的世界秘密。"李敬泽道出诗人们这种"少数"，非但不是一种弱势，反而具有一种超越性的地位。由此不难理解，诗人可以毫不顾忌外部世界的变化，而充分适应孤独和误解的原因。当人们指责他们躲进"象牙塔"或者"小我"中时，也许他们在心中和古代参破禅机的高人一样，发出讥讽的嘲笑。因为智者和高人也总是少数和曲高和寡的。"此曲只应天上有人，人间哪得几回闻？"在北村、苏童、何立伟等小说家笔下，诗人的形象迹近于"天上人"。

所以，一个诗人往往是在语言和生活上作双重冒险，那些能够一条路走到黑的总是少数，而走到底的往往也分化成两种：疯子和大师。绝大部分，都中途从诗歌的板桥落下来——理智的华丽转身，迟钝的被挨挨挤挤的人群推落下来。诗人存在的理由是：我们这个世界的真理和有价值的创见，总是来自于少数。大众则是平庸和盲从的。世界需要那些站在金字塔尖上的舞者，给人以智慧的点拨、精神的鼓舞或美的启示。

因为心灵的需要，诗歌永不会消失。它就像散落在茫茫宇宙中的星星，虽或明或暗，或显或隐，破碎而无用，但因它的存在，人们才不会离开"敬畏"和"美"。

我和石立新因为诗歌而在二十年前产生过短暂的、肤浅的交集，此后再未联系和从未见面。但被诗歌刺青的人，就像散落在大地上有着共同气息的人一样，他们凭此可以互相辨识和信任。

幻 象

1991年夏末的一个黄昏，赣中丘陵，红壤如连绵起伏的肌腱；从一辆歪斜着去往潭城的拖拉机上望去，丘陵地更具有电影镜头一样逝去的庄严感。车上坐着几个少年，心中装着对艺术的朝圣之情。

这样的情景，容易让人想起伍尔芙的小说《到灯塔去》，或凯鲁亚克的小说《在路上》。这几个少年，当年就怀着一个接近于梦想的痴狂，热爱艺术，想做艺术的朝圣者。其中为首的名解烨，潭城是他家乡的名称。多年以后，潭城也幻化为一个通往艺术起点的微光照耀的灯塔。他们在潭城住了一晚——此行的目的何在，他们做了些什么？已经不重要，也是微不足道的。但是这微亮的仿佛获得某种启示的火光，日后一再地在他们的记忆之窗燃着，并且愈益清晰和嘹亮。

我也在这群少年当中。如同我的挚友解烨般沉默、不善言辞，但不缺少固执。那个夏末之后，解烨从潭城出发，一路向北，来到了京城，并且，再也没有回去。我是在之后的另一个夏天，追随着好友的足迹，也来到了北京。在京西的四合院里，度过了1994年难忘的冬天。此后，我似乎和美术越来越远。我记得那年我在西八里庄一个四合院里写下组诗《1994，读米勒油画》，并于当年在《诗潮》杂志发表，似乎是在内心里和美术说再见。我于翌年春，回到了江西。我的好友还在北京。

我经常收到他的来信，可以说是他艺术之路最用心的倾听者。解烨气质内敛含蓄，为人宽厚善良，天性中他带有某种精神洁癖，爱恶两分明。这个细腻、忧伤的男子，骨子里是个完美主义者和唯美主义者，我一直对他的创作充满期待。我们曾一起学习美术，一起狂热地孕育一个梦想。多年以后，我在油画的舞台退场，成为一个心情复杂的观众，但始终在密切注视着好友的行踪。

这些年来，他精心研习西方古典油画，在日益浮躁、喧嚣的市声中，独守内心隐秘的花园。在绘画之余，他也阅读大量的文学作品，在文字和形象的双重沉思中，构建一个丰满的、带有伤感和告别意味的美术世界。他以一个圣徒般的苛刻来淬炼自己，从而使自己的追求愈益鲜明和执着。

新近他完成的《以玫瑰的名义》的组画，延续了他唯美主义和文学性的特征，主题单纯但意味隽永。超现实主义的风格，带来令人眩晕的梦魇。北岛也曾悉心捕捉时间长河中灿烂的花枝，并结集为《时间的玫瑰》。他在冷静的观察中，发现了“那从蝇眼中分裂的世界”如何造成人的价值的全面崩溃、人性的扭曲和异化。清醒的思辨与直觉思维产生的隐喻、象征意象相结合，是北岛文学作品显著的艺术特征。在解烨这组油画里面，玫瑰，这时间之灰，以枯萎、纸质般脆弱的特点，也隐喻出时间对美好情感的伤害，以及画家在现实矛盾中采取的某种避让、疏离的情绪。这种情绪，在当今红尘中奔走的人们中，带有一定的普遍性。但是人们习惯了用物欲的流觞和寂寞的空虚来遮蔽它。

解烨说他“对于枯败玫瑰的描绘，可能是对自己伤感情怀的留恋，用一颗无法熄灭的、纯洁的心去感受生活，感受对真爱的奢望。”

这份告白，几近单纯，却让人动容。当爱情一再被物化和工具化的时候，这种人类最美好的感情，是否有重新擦拭、恢复应有面容的可能性？爱情的主题，一再地在解烨的画笔下出现，不是偶然的。我知道，多年来，在情感的深海里，他是个执著的横渡者，虽几次遭逢浅显的爱情，却并未让他深入其中，反而产生更多的质疑。《以玫瑰的名义》可视作是这种情绪下的产物。那在破碎的画框后面隐现的纸质般年轻女性的脸，和手持的干枯的玫瑰，都呈现出一种非活性的病态的美。爱情的精神指向和消解方式，并未在画幅中出现，但却在暗示每个观者。对于爱情异化的深度挖掘，在解烨的油画中，似乎显得不够。不知作者有意为之，还是他的想法尚处模棱两可中。

当年一群少年去往潭城，其实也未具深意。它只是少年们一次率性而为，一种表演和出行而已。日后，它在我们心中的投影，为何呈现出艺术况味，甚至问道意味，多半是我们这群艺术爱好者，最后都分道扬镳，与艺术愈益疏远的精神悼念而已。艺术是个幻象。如同爱情一样，最初的美好，并非指向最后的瓜熟蒂落。

我们已经习惯了加速度的生活，在喧嚣的变化的生活中不断调试自己的角色。而解烨似乎一直拒绝成长和变化，他还是那个手持画笔的羸弱少年，满怀对爱情的新奇、执著和焦虑，一遍一遍在画笔上书写它的名字。

十多年前的夏末黄昏，余晖似乎一直在那里，从布景里照射出来，而我们如同雕塑，领受这照亮。在静思中各自体会生命的含义。对此，有位长江边的诗人，他有着另一种领悟方式：

死亡，爱情和光阴，都成了
一个个问题，但不是最后一个问题，
我想起曙光的无言，落日的圆满，
而没有词语，真正的清净。
没有一部作品可以让我忘掉黑夜，
忘掉我的愚蠢，我的喧闹的生命。

——杨键，《悲伤》

青春的内侧

李言蹊。一个至今未曾见过的女孩子。

阅读她的文字，纯属偶然。我的友人龙友，是位书法家，向我推荐了这个女生。在溽热的南昌市街头，百货大楼一角，他递给我一本打印的集子，嘱我阅读。年轻的友人，散发着淡淡花香的文字，以及嘈杂、喧嚣的夏日都市。一切都是美好的。一切又都匆匆而逝。

作为一个女孩的父亲，我对女儿的欣赏总是与对自己的责备成正比。我总是无比诚恳地检讨自己：对孩子爱得无所适从，爱得慌乱无比。女儿是父亲眼中的水晶、珍珠，父亲粗糙的手，总是不知如何捧护这颗水晶和珍珠。

李言蹊恣肆、任性的书写，让我窥见一颗纯净心灵成长的同时，也分享了属于所有女孩内心蔚蓝无比的大海。作为美好的代名词，女孩某种程度上也成了诗人眼中的隐秘花园。一朵抒情的云。和一个构成他足够伤感的词。

李言蹊的家人，小心地珍藏了这个女孩自初中到大学的文字。也许还有很多。更多青草的汁液和琥珀的泪滴，在南方夏夜的台灯下，在一个成年人对一个女孩默默的注视和关爱中，在春天傍晚的雨声中，一粒粒包裹在一个石榴暗红色的果皮里。

这些文字，与通常意义上的文学作品，还相距甚远。但这稚嫩、慌张和惊喜的书写，却确切无疑地保留了最真实、完整和动人的气息。李言蹊像一个青春的史官、一个自我的主宰者、一棵蓬勃的花树、一小段欢快歌唱的细流、一个夏日的秘密和一片从阳台拂过的轻风。她的盛放不乏残酷，更多的是热烈，是慌不择路的羞怯。

她的文字因此打上了时光的印记，和生命最初、最美的纹理。

这些文字，也成了活生生的生命的证明。

从写下的第一篇开始，李言蹊作为一个自我精神成长最忠实的记录者，开始了在纸上的旅行。纸醉，是因为书写的狂欢，因为文字的魅惑，醉在初心。

无论是欣喜、迷惑、忧伤、悔恨、感激、怜悯、满足，还是痛心与释然，反观与眺望，都在心灵的底色上叠加了丰富、绚烂的生命色彩。因此，这不是一个人的书，这是女孩们共同的书。甚至不仅仅关乎童年、青春。读这些稚嫩的文字，我总想到我的女儿，她的所思所想我似乎了若指掌，但我真的完全懂她的心思吗？我又深深怀疑。

从一朵花，到一片大海之间，从一睁眼到低头俯视之间，从一片荡漾着奶香的微风到一座洒满了星光的花园之间，距离有多远？在这座阳光盛大的城市，在夏日突然而至的暴雨中，一片闪亮的白——一个女孩，她的眼神、她的慌乱的手指、她的裙子，都在无声地歌唱。

我把李言蹊当作所有女孩的一个化身。我通过她慌乱、稚幼的文字，看到一个真实的女孩的内心。和它背后深深的、壮阔的大海。

深处的歌者

我和移新曾为同事。那时，在新建街 197 号，我完成了一个教师向小公务员身份的转型。教师的生活是散漫的、内向的，职业使然，人的视角向下，关注精神的问题甚于物质层面。小公务员的生活是谨严的、外向的，目光向上，总以耳提面命的神情等待上面的指令。这样的生活自然缺乏抒情性，但不乏理性，甚至太理性。移新是我步入机关的直接领导，作为一个政策研究室主任，他是个资深的笔杆子。如果你只看到他在机关生活的那一面，那是远远不够的。而我那时对他近距离的了解，则始于此。直到我们从外围的文学活动中，以另外的角色出现，才发现他内心深处远不是一个刻板的公务员的世界。那是一个绣花的、斑斓的文化场。

移新最初是以一个乡间诗人的形象出现。那时他在一个乡村学校教书——这一点，我们相仿。据说，他经常走很远的山路，与一个隐藏在大山深处的造币厂里的诗人，交流诗作。按时间推算，他们属于朦胧诗之后的那一代，比北岛、舒婷晚，比海子、西川又略早。他们的诗歌无一例外地打上了朦胧诗的烙印，当然，还濡染了这个赣西小县的民风民俗。无可避免，当时中文系的学生们，差不多都曾秘密或狂热地写过诗。我们县里的这些“前诗人”们分布在机关、厂矿、学校，因为时日的磨砺，渐渐少了文气，而多了俗气。随着诗歌的热潮在 20 世纪 80 年代末的退去，和一个黄金的文学时代的终结，文学终于离开了大众的生活，而成了圈子里的事情；一堵墙，在写作者和大众之间隔开了，文学不再是社会的中心、全民的热点。

也差不多这个时候，一个写作者的寂寞感，开始像春天的苔藓一样爬上墙根。作为一个县城的写作者，这种寂寞感尤其明显。造币厂那位朋友随工厂的搬迁离去了，移新也来到了机关开始了公务员的生活。地处边城的小县，总有着一些持重、静谧、古老的气息——这种气息，与今天喧嚣的世界不可同日而语。前者总是涵养出一种文雅的风气、滋润着人们的精神和魂魄。这是大可值得追忆的。

当我开始以一个诗人的面目出现以后，时间已经来到了 1990 年。我是 1990 年中期来到大院上班，又在千禧之年离开县城到省城。那几年的机关岁月，随着世纪的结束而在记忆里关上了大门。莲花的文友们都在各自的生活里前行，各有各的境遇。我则与他们处在一种既松散又紧密的联系中。跳出我们县城，回望过去，我仿佛依然生活在他们中间。

移新属于我县新时期的第一批诗人。在他的精神源头里，活跃着一些或已作古，或已至耄耋之年的形象——移新一直对他们敬重有加，甚至，因为个性的原因，他身上有着一种早来的持重之气——他仿佛生活在一个更古老的年代里，属于一个古代的书生。

因此，他后来发力整理我县历代文人墨客留下的诗词、文章，便也不足为奇了。我想他早年的经历，对于他开始这项工作有所助益——他曾在县方志办上班，对于本县历史、掌故风俗，了如指掌。对历史的梳理和思索，有助于建立一个有纵深感的视角，思考问题总是更能从源流和根本处找到答案。我相信，移新整理莲花历代诗文，一定有着一种厘清我县湮没不闻的精神文化的冲动和责任，这项繁琐的工作，无论从精力上、心智上，都对人是一种考验。

而他新近完成的《莲花歌谣》，同样是部非常有意义和别开生面的作品。如果说，历代诗文的整理属于雅的层面，而歌谣从俗的一面揭示出另一种文化图景。精英趣味和大众趣味的两路开进，从而勾模出一个县文化传统的两个侧面，不知是巧合，还是移新的自觉？

毫无疑问，歌谣是民间文化的奇葩，也是民族文化历史感、生命力活生生的表现。歌谣在深层次、内在性的层面上反映了普通百姓的情感世界和人性光芒，是生活、生产的生动写照。如果不是看到移新的这部作品，很难想象莲花的传统歌谣如此丰富和生动。从民俗学、语言学的角度上来说，这是一笔宝贵的文化遗产，因而移新的努力，就带有一种抢救的性质和意义。随着时日的叠加，其价值会越来越得到彰显。

我对移新的努力保有敬意。而从一个诗人，到一个文化人的完成，充满着偶然性，也充满着必然性。诗歌的眼睛是向外看，顾城说，“黑夜给我一双黑色的眼睛，我却用它寻找光明。”文化人的眼睛是向内看，他总是回望人的来处，希望了解来处，从而更知道去处。这也正是钱穆说的，“对历史的一种温情和敬意”。如果我们不那么匆忙地对历史否定，对历史抱着虚无主义，我们会少一点偏见，少一些愚昧。移新走进传统，走进历史，走进民俗，走得这样果断，这样坦然，又这样无声。

他是一个歌者，就我所知，他本身是个爱唱歌的人。不需要镁光灯的舞台，他已经从历史文化，从风俗民情的深处，找到了真正的光源，找到了歌唱的激情和理由。

这是一个文化人的真正安身立命之所——文化本身。

物质世界总会更替、朽烂，而文化总能积累和流深。但文化总是需要那些自觉的人，来发掘它，擦拭它，整合它，从而在更多的人手中传递。

秋天记

一

是一个秋日的黄昏，天空云翳低沉，有金色日光刺破灰色云层的边缘，将光芒劈洒下来。这样的时刻仿佛让人产生某种预感。

上山途中，中巴车在赣东北的乡野奔驰，车很新，那种工业时代的机器，有一种不由分说的盲目的力量；窗外的风物却古旧：用泥土、木棍垒起的土房子（俗称干打垒）。带着枯萎气象的锯齿状植物。圆石裸呈的清浅河流。青灰色的淡漠远山。弯曲的乡间公路。灰暗的农人背影……一切皆是自然平常的。我们晚上要住到一个平常的山上去。

山名：怀玉。这是我听说过的最美的山名。温软，清凉，触手可及。人世间自有某种神秘和启示。譬如这山名，我想也决不会是空穴来风的，应该有造物主美好郑重的心愿蓄含其中。

去山上的路，足够漫长，而我们也有足够的耐心。我记得多年前读过里尔克的诗《秋日》，现在如窗外的事物一样，纷纷扑到我的眼前：“主啊！是时候了。夏日曾经很盛大 / 把你的阴影落在日规上 / 让秋风刮过田野 // 让最后的果实长得丰满 / 再给它们两天南

方的气候 / 迫使它们成熟 / 把最后的甘甜酿入浓酒 // 谁这时没有房屋，就不必建筑 / 谁这时孤独，就永远孤独 / 就醒着，读着，写着长信 / 在林阴道上来回 / 不安地游荡，当着落叶纷飞。”

在旅途中，在一个陌生乡野，一个喜欢从事精神活动的人，自然而然地会用诗歌去填满他的心情。而且这样的心情和将要去的那个地方如此相宜。

记得车子在一个乡政府门前略作停留，集镇上有种平静中的热闹，店主将五颜六色的货物直接摆到了街道上，有石桥在街道一侧：水流潺潺，洗衣的妇人蹲在砌到河里去的石阶上，高大的香樟树散发着植物的香气，它的浓重阴影涂抹了一地。乡民或坐或走，背着背篓，夹着香烟，有说有笑，神情平淡恬静。车上的人纷纷下来，松动筋骨，浏览景色。

我在淡淡的烟雾中看到夕阳的橘色金边。

这是一个高山盆地。据说它的面积是惊人的。站在怀玉山庄门前的空地上，可以望见远处三清山的尖顶。夕阳还没有完全沉落，暮色时分的山间，凉意渐渐上来了。这是晚餐前的短小的停顿，而这个片刻，却让人无所事事。周围的景致，已经在放下行李之后，简单地看过了，对于更深的景色，必须腾出足够的时间来细细体会。目前是旅游开发的前奏，已经有了基本的设施。一些古老的房子，高山上疏落的村庄，还保留下来了，没有被旅游的商业设施完全代替。

这里完全是个寂静的世界。人声隔断，仿佛离尘世极远。这样的所在，真是宜于用来抚慰身心。我向来对僻静、遥远之地怀有好感，对热闹纷呈、众声喧哗，骨子里含有芥蒂。

有这样一个男子，伟岸坚毅，气质高贵，他熟读外文，知晓天下事，有着非凡的智力和勇气。他在我这个年纪就已经完成了生命。

舍生取义，他玉碎的人生，让来者感到目光刺痛、晕眩。现在，他的雕像就立在这高山盆地，和我们住宿的宾馆遥遥相对。雕像全部采用花岗岩质，目光坚毅中不乏柔和，紧抿的唇上的胡须如刀。

站在“清贫”碑园，可以俯瞰远方，视野开阔，一览无余。远方山顶，云翳像大鱼层层涌动，山风吹动经年的松柏、杜鹃和香樟。我们静默，眺望，在台阶上合影，然后走下碑园。通常，在具有非凡人格的人物面前，人们会变得很小声，乃至无言。

怀玉山曾经有着书院，历代山民踩踏出的古道犹存。当年的学子秀才也是沿着这条山道，通往外界的宦海功名。现在，似乎不大看得出当年的景象。有的只是，金黄茂盛的野草，湮没了来路，高大崎岖的松树，以及偶尔的农家院落和随意生长的菜蔬、庄稼。这里的山石植物，皆有种无言的静寂和平常。却分明又是贴身贴心，入眼入胸的。

当地的教师，一个文学爱好者，带着我们寻访了古道。自然，在古道的尽头寻觅不到已然存在的建筑之类。道路蜿蜒至一个山头，就消失不见了。我们站在那里，感到满眼的空荡，就像面对一个巨大的谜面。历史、轶事、人间的风雨，皆消失无迹，唯有山风阵阵，摇撼着远方的树木，发出沉闷单调的声音。

这就是我们的存在，一切需要被感知，被猜想。多年以后，是否又有人来猜想我们，一群文人，作家，因为旷古的心愿，因为读玉的情怀。在这里，被怀玉山温润清凉的气质，山高水远的超然平淡，所感动？

在古代，君子随身携带玉，不离不弃，以示惊警内心。而怀玉山，这巨大的玉，我们只能感知、领受她的芳华，任何的窃取和占有的想法都是不可取的。我就这样想着，转身离去。

二

我总是会陷入词语本身的意义。比如“怀玉”，比如“三清”。对于怀玉山，我仍停留在字面含义的回味里，我当然还记得在寻访古道的途中，路边一些细小的红色的野果，裤腿上被携带的苍耳，一些人声，一些零星片断——但我不得不说，我对该山依然一无所知。

怀玉山和三清山相邻，相比之下，三清山名气更盛。据说三清山得名于道教的玉清、上清、太清三个境界。这座山，我已经来过几次。似乎每次的天色都比前一次更阴霾一些。

大约早上五点多钟，我们便被服务员的叫醒电话给拧起来了——要知道，这个时辰是睡梦最酣甜的时候，我们是多么不情愿起来啊！同室的男子嘴里嘟囔着，翻身又睡过去。他说他有认床的习性。大约一晚上没有休息好。晦暝的光线刺破黑夜照着寂静的室内，凌乱的物件堆放在桌椅、地上，有一种疲惫、粗芜的迹象。我不是一个有经验的旅游者，通常在细节和准备上缺乏耐心。

我们住宿的是一家年代较早的国营宾馆，磨损得厉害的水磨石地面，布满霉斑、卷起的墙纸，暗黄色的铰链无法咬合的柜子。但我们依然是愉快的，我们似乎更愿意去关注身边的人，而不是即将目击的风景。经过一天的相处，陌生的心灵之间已经开始建立联系，尤其是同一种类型的人在一起，打闹，欢笑，以及八卦，成了消除陌生感的调剂品。

缆车在半空。周围是模糊的云雾，潮湿的空气，低矮的云层又在酝酿一场新的降雨。

山上的气候比起山下明显地凉了。人坐在半空的索道，这封闭的通过机器带动运行的一个个方块铁壳子，让人不安和隐忧。我记得第一次来到三清山还是多年以前，那次住在山上。清晨，走出室外，阳光灿烂绚丽，涌动的云层擦拭着奇峰，一棵棵经年的松树、杜鹃，它们努力生长的样子就像趋光的蛾虫，一致地倾倒于太阳的方向。寻觅生意、抬竹轿的山民，普遍矮小、瘦弱，却很有耐力。他们一路上尾随着乘客，对于年老体弱者，他们更是趋之若鹜。

山头伫立，我们看见一些白色、粉红和淡黄的花，开在巉岩、红壤和幽绿的枝叶处。在雨雾中，它们像姑娘们泪眼婆娑的脸，让人无限怜爱。

有比我们更早到的游客，他们披着薄如蝉翼的简易雨披，脸上湿漉漉的样子，显得凝重而楚楚动人。我们的队伍在短暂的合流后，分为了三个梯队。走在最前面的是，年轻体壮和常年爬山的人，中间行走的是老谋深算不疾不徐富有旅游经验的人，走在最后的是年老和体弱者。

在西海岸，大团大团的云雾袭来，我们犹如梦中。栈道架在横空从山体伸出的梁柱上，狭窄，崎岖，我们头上脚下皆是漫无涯际的云海。人，为什么喜欢在这巨大的虚空里行走——历险？以及满足历险后虚拟的成就感？

雨中，不时有人从背包里拿出相机拍照。曾经，有那么片刻，远处山峰的轮廓突现端倪，阳光驱散了云雾，远山在青灰的混沌中露出黄赭和青绿的颜色。那么清晰的山的轮廓，像一个健美的男子的躯体，在云雾中亭亭玉立。

然而仅仅是短短一瞬。

有一些经年的杜鹃，不时阻挡在前面，必须弯腰才能从崎岖的枝干下面经过。低身时我看到：青黑色被水浸湿的水泥栈道上，平静地躺着椭圆形的金黄落叶、细碎的枯枝、一些无名的米粒一样大小的野果。蕨类植物、青翠竹叶和偶尔的不合时令的白的杜鹃花，长在其上的坡上，皆裹挟在一个潮寒、湿润的世界里。我们周围有那么多的奇峰异石，它们，也都隐没在茫茫的云雾之间，不曾被我们目见。

记得多年前一个晴朗的上午，在山上，曾经看过一个“神女峰”，一个“巨蟒出山”。神女峰恰似一个在眺望的女子，颔首不语，望眼欲穿，那山果真有灵性，为一个痴绝女子所化身的话，恐怕也早已心灰意冷、禅定入空了吧。因为这样的故事背后，一定有一个负心的汉子。在我们这个国度，这样的传说大抵有着相似的梗概。

那个巨蟒出山，是一根高耸的石柱陡然腾空，扶摇直上，一副蛮不讲理高高在上的样子。在这座奇异的山中，就有这样一些奇异的峰峦、石头。

三

从山上下来，已是黄昏。

窗外的景色一如上山的时候。风雨已经停歇，夕阳在田野上拖拽它美丽的金边。

车厢里静，偶尔有人在椅子上移动身体，发出微响，都显示出一种疲倦的气息。

车轮摩擦着石子路面，发出沉闷、滞重的钝响。司机笃定地驾着车，想着满腹心事。黄昏扑打着车窗。

这时车厢内的静和外面的昏暗已融为了一体。时间在这里被停滞。我亦不知道身在何处，就像一艘航行在未知海域的轮船，在黑暗和涛声中盲目寻找目标。生命也是静默的，抑或是悲凉的，月光照耀的深广的海面，暗蓝色的波纹像忧郁者胸脯上繁复、艳丽的文身。我是在此处，又分明在远方。我们都不在自己的身体里，随意识在虚无的高处飘荡。

这时，我分明看见“归途”两个字，它印在夜晚的屏幕，就像巨大的星星怀着喜悦和感动。我们一生似乎都在寻找归途。而我们不免时时被家园放逐，找不到来路。我们以为我们是在还乡，其实我们错了，我们是把歧路当作回乡之路。这样的命运就可想而知。我们一生博弈的——使我们痛苦的那个东西，那个隐身人，他的名字就叫作“命运”吗？

或者，“归途”和“命运”是同一个人的两种称谓。

车子颠簸着，在乡村公路飞驰，夜色消融，有暗的光在窗外一划而过，像许多张看不清的模糊的脸消失在夜色中，可以想见路旁摇晃着枝叶的大树，在沉睡中依然静静生长，在有限的时间里，它们无限地生长和腐烂。还有匍匐在土地上的山峦，在起伏交错的线条里，永恒地沉默，然而每日都像是新的。

四

清晨，人们不告而别。我们从一个小站出发，去往异地。我过于熟悉车厢里的气味，我对列车上旅途者的心情也感同身受。去往H城，溢出了我行旅的计划，我看起来也像个处事率性，不守陈规的人。只有在这生活的断裂和变化处，我们才更加能看清自己的内心。

旅途一路无言。我看着车子出省以后，邻省的树木、田野、植物、建筑，已殊异于自己的土地，在我们这里，建筑和植物似乎都是随意和漫不经心的，有些粗枝大叶的淳朴和松懈。而这里的风物，显示出人们的心智和趣味：规整、精细、紧凑。

同行者当中，有位戴黑框眼镜的时尚青年，正在看一本诗集。我的目光停留在封面，并在他休息的时候伸手将书拿过来。近乎于白色的浅蓝封皮上，印着诗人的肖像：扭头望向一侧，顺溜的黑发上白丝可数，眼镜架在一个宽鼻梁上，然而是一张瘦削、肯定的脸，紧抿的唇，深的人中，这张三分之二亮光、三分之一侧影的脸，充满学者和思想家的智慧和冲淡。这是一张我比较认可的男子的脸。封面的右上角印有简介：肖开愚，1960 年生于四川省中江县和平乡。1979 年从四川绵阳中医学校毕业，到中江县城关医院行医……1997 年到德国，迄今住在柏林，受德国文化基金会等基金会的支持专事写诗……

我翻开，目光一直停留在这首《黄昏》上：

我站在房顶眺望远山，
灰白雾霭中一团淡蓝的幻影。
蓝色扩大着，
像蓝墨水倒入牛奶里。

温和而奇异的句子，这些句子，唤起我某种久远的记忆，像是许多年前安静的童年、少年。一个缺少牛奶但熟悉蓝墨水的年代。我透过纸面的诗句，看见过去年代的县城，和傍晚的灯火，虚幻的意识和被革命歌曲占据的业余时间，灯火安静，克制，像温柔敦厚的人心。我那时的心思，简单，透明，我只是怀着想成为一个大人的愿望。只是希望静悄悄地成长。没有爱，不懂得未来的岁月会对爱执著近乎盲目。我为过去安静的岁月的一去不返感到遗憾。

在这样的胡思乱想中，我将书合上，我听到你们的絮语，但没有一句为我的内心所捕捉。与我的神思恍惚相反，周围人的神情显示出一种信心和安静。

这是我们的时刻在降临，
我们的影子站立起来成为我们。
这么礼貌，这么静悄悄，
我与你们一道从房顶下来走进房间。

列车的节奏，应合着诗句的节奏，但诗歌的清澈质地使车轮撞击铁轨的声音被取消了。诗的意境在扩大，在混乱的车厢里，诗歌清洗了混乱的视线。我的目光久久停留在这些奇异的句子上，停留在继续延伸着的过去的时光、记忆，在诗句暗示的意境中，看到我们的脸在往昔中浮现。像晚春的花在昏暗的水面上浮动。在这样的臆想中，我看到我们，消失在各自的大街。

周围的絮语断断续续，像梦者的呓语。我的头伏在桌上，胳膊肘抵着对面一对打工夫妇放置其上的卤蛋、盐水花生和矿泉水瓶。这对夫妇，也几近于沉默，淡漠的目光望着我们（或者越过我们看到后面），他们起初顺直地坐着，并且吃着东西。当我醒来以后，看到男的头靠着窗框，女的反身趴在男的胸上。他们的身体紧密地黏合在一起，就像他们选择的婚姻，牢不可破。他们的眼神让我感到他们对前方未知的空间的忧虑和无所谓。

列车移动着，我又睡去。

蓝色带着另一个房间退让，
带着夜晚。而窗外
山峰耸立用黑色
——点亮这盏台灯。

红衣男子、旅行及其他

红衣男子

至今仍然感觉到于坚这两句诗对我写作的暗示："……这个穿着红色衬衫的矮个子男子 / 匆匆走过两幢建筑物之间的阴影……"（《下午一位在阴影中走过的同事》）。是在哪一年读到的，已经不记得了，但这诗句，像两行模糊的光，一直在我的潜意识里照着——透过它，我对生活有了新的理解。它让我看清了生活的梦幻性质。对于我来说，不存在现实的生活，而只存在着回忆。如果说，我对现实依然能够迷恋的话，那是因为迷恋它的恍惚、无常和不真实感。

这种感受就像迷恋银幕上的生活，满足于幻想、记忆、感时伤物、爱情逆旅、时光错乱、与偶像假想的合二为一……生活如果仅仅是秩序和建设，那简直是不人道的；生活也可以是游戏和破坏，就像儿童最初的生活一样。在一切运动和变化之中，需要一颗亘古不变、静若处子的心。现在，我们依然看见红衣男子在下午的时辰里，两幢建筑物之间的阴影里，行走。他也可能在别的时辰，在别的场景里出现；他是个秃顶的中年男子，年轻的时候，曾经长发垂肩，现在，后脑勺残留的发丝，依然在风中飞舞。他身上有着艺术家的气质，手指上带有淡淡的烟草气味。他在行走。或者他停顿了下来。

我们看见他的脸上透着几分迷惘，阳光照着他眼角的血丝，这是下午四时一刻，周围的喧嚣突然间消失了，他感到一阵出奇的静谧，以至于惊讶地张开了红红的嘴巴。

多少次，我从我的身体里消失，穿上一件红衬衣，行走在大街上，行走在建筑之间。我是清醒的，同时也是在梦游。像中古的游侠，抑或竹林的隐士，策马行走在一片只属于臆想的土壤上。我同时行走在过去的时光中、缓步在 2006 年的建筑丛林。周围的事物，带着旧年代的暗黄，周围的人们，他们的表情都陷入了停顿。我跨出栖身的拱形院门，这门楼不同于我在一些乡村见到的古代建筑，精雕细镂，高大森严，它们代表着对某位长期守身如玉的妇女的可笑纪念。它们一排，或者孤零零地矗立在乡村衰败的、凄清的暮色里，毫无用处地观望着而今失序的大地、被解构的仁义道德。它们被照相机的闪光灯擦亮了惨淡的、恐怖的脸。我生活的这个大院，前身叫作“中苏友好馆”，一个已被历史取消的名字，一座依然带着异域风格的生机盎然的院落，我跨出弧形的门楼，青灰色的有着不锈钢大门的门楼。设想一下，我在我的生活里消失……

在我的写作中，你的脸浮现在我的眼前，两年前，或者更早一些，在我来到这个城市的时候，我们就认识了。我说认识，仅仅是我们经常碰到，我的不牢靠的记忆不能肯定，你是否也住在这个街区，在女性服装店，在香樟树树下，我注视着（毋宁说是在观察着）你的行动，我的内心交织着挫败感和酸楚，陷入记忆里——一片低矮的屋檐下，空旷的乡野，孤寂的雨水，和她婉转的拒绝。这样的情景不止一次浮现在我对你的观察中，我紧紧咬着紫红的嘴唇，是的，我的内心多么难过，你的手停留在一件衣物上，或者正滑过一本新到的杂志。我观望着你，却看到我们正坐在一列疾驰的火车上，我们面对面坐着，像是在旅行的途中，或者正从回忆的景区归来。我们默不作声地坐着，因为我们并不认识，但不缺少认识的兴趣。这是最折磨人的时刻，在两个陌生的心灵之间，同样挣扎着，痛楚着，像是积满了失败的枯枝碎叶。我们小心翼翼地对视、闪开，当我们真正熟悉起来，我们依然会谨慎地、悲哀地将脸侧向窗棂边尖锐的阴影。

因为一位女士的存在，使这些年的生活，真切地活在他的身体里。但是，她的面目至今依然模糊，他甚至不知道她的名字，她的出现，必须依据她身边的廊道、弯曲的街巷、傍晚的树影、像天空一样空旷的建筑的拱顶，才得以确认，她在它们之间出现、消失，像个影子一样，无声无息，这反而使她的存在变得可疑起来。

一个习惯把睡眠在床上延续得更久一些的人，他三十多年的时光，其实一直是在床榻上度过。当他对生活进行想象的时候，生活出现了；而当他在生活当中，却看不到生活的面目。他把床头灯拧亮，看到她端着水杯在窗前，或者俯身（发丝落在脸颊上），他紧紧地抓住她的手，这时，床头灯灭了，他的手在黑暗中孤零零地悬着……

旅　行

【地图】我们首先在地图上模拟了想象中的旅行，就像童年的游戏仿制了未来的生活。但这种戏仿，肯定与真正的际遇相差甚远，有时甚至背道而驰。正是这不可预期，构成了我们对旅行的兴趣。我曾经陪同一位写过《黑骏马》的北方作家，对江西中部的一个村落进行考察，看得出来他是一位对旅行很有心得的人，黄色的帆布包里，厚厚的地图册，被红蓝铅笔圈点了密密麻麻的标记。他对赣江两岸的人文、风土、方言、历史的熟悉程度使我这个赣江边的人感到汗颜……

依赖于地图，我们按图索骥，来到陌生的城市，乡村。但是我们发现，其实已有人先期到达那里，并绘制出详细的地图，供我们进行二手的打捞。

【火车】火车的缓慢，显出了旅行的意义。如果不是出于其他的原因，我一般都是选择火车，而不喜欢乘坐飞机去旅行。高科技的东西是人的想象力的延伸，同时也是对人的想象力的扼杀，这是个奇怪的悖论。电视里有个广告，伴随着一列驰向高原的火车，画外音响起："人生是一场旅行，不在乎目的地，在乎的是旅途的风景以及看风景的心情。"

速度换取了瞬间迸发的快乐，但缓慢才会体现快乐的真意。

对于我来说，许多次旅行，其实是在火车上就已经完成了。我不是一个迷恋火车成癖的人，但这样的人大有人在。火车内部制造出了一种别样的氛围，不同于在酒吧和其他各种静止的场所，人们注重仪态举止、安静而充满期待；车厢里，人们显得不修边幅和心不在焉，显得目光散乱而心事重重。车厢里的空气也是凝滞而污浊的，大大抵消了看风景的好心情。

我指的旅行在火车上完成，不是说在旅途上的艳遇（当然，这种可能性是存在的），而是指常常在半途，我就对旅行产生了厌倦。

【宾馆】在宾馆里，路途的疲惫感很快就消失了，必须承认，我是个反复无常的人。作为一个通俗意义上的旅行者，宾馆是构成旅游必不可少的重要环节。对于旅游公司来说，这也是他们获取经济利益的重要支点。我无可避免地参与了制造"旅游"剩余价值的过程，虽然多次的经验让我心情不爽。我羡慕那些背着帐篷栖居在山上的真正"驴友"，这说明付出的体力和辛劳，与获得的快乐成正比。相对火车厢内，宾馆更具有一种暧昧的气氛。它是对我们日常起居的重复，同时又构成了对家的背叛。每个宾馆的陈设大同小异，不会更多，但也不会缺少任何一件所需；在风景和原来的生活之间，宾馆像个钟摆，随着你的心情摇摆。

【风景】风景是旅行的最后归宿。虽然很多次面对风景的时候，我感到深深的失望，但并不影响我下一次兴致勃勃地拿起背包重新上路。我们在看风景，在一定意义上来说，风景也在看人，有时甚至人看人成了唯一的风景。我始终深信风景呈现给我们看的部分，并不是真正的风景，一定有更为美好的部分深藏在所谓的风景背后。“天地有大美而不言”，或者“此中有真意，欲辩已忘言”。一定存在着这样一种状况：他每天生活的原处就是远方的风景，他居留在静止的生活里，同时又颠沛在漫长的旅途中。古代的隐士们，在他们“无待”的心中，从来不存在彼或此，他们心如死灰，面容枯槁，同时又内心充盈，得意忘形。写到这里，我发现我陷入了对旅行的虚无主义的描述，对风景的眺望已经脱离了日常的眼睛，旅行的意义变得可有可无。这是我常常旅行归来后，产生的迷惑。其实在生活的其他层面，莫不是如此。

【纪念品】我们兴致勃勃带回来的宝贝，很可能一夜之间成为束之高阁的废物。作为一种“物”，旅游纪念品不过是彼时心情的一种投射和反映。它被灰尘湮没的处境，进一步印证了旅游的虚幻性质和企图对日常生活超脱的徒劳。这些东西，摆脱不了鸡肋的命运。

而对它们的处置，把我们的内心逼上了刀锋。

睡　眠

一个人的睡眠，要延续多长时间，才能感到满足？睡眠是夜晚的汁液，是浆果中的甜。对于我这个随时都想睡下来的人而言，睡眠也许是蜘蛛唇边的丝线，永远没有它的长度。如果考察一下，那些年轻的艺术家和睡眠的关系，或许是篇不错的文章。在他们那里，睡眠是另一种精神性存在。它是休息优雅的、私密的体现方式。是生命的间歇性停顿。在我这里，睡眠还是致幻的药剂、是愉快的梦乡之旅。

罗丹最著名的雕像之一“沉思者”，则体现了睡眠的艰苦性和仪式般的庄重感。沉思也是一种沉睡，起码从表象上看，具有睡眠的形式——对于我这个形式主义者来说，没有比审慎的认真的仪式，更让人着迷的了。生活的梦寐性质，使人在清醒着的时候也是在沉睡——我似乎一直在沉睡之中，不是在阳光的照耀之下，而是在阴凉里。我十七八岁的时候，把睡眠的长度推向了极致，我来到一个陌生的很小的城市，获得了暂时的独立，功课不是很多（甚至可以不去上，只要分数能够上去就可以），我把剩余的时间都用来睡眠；现在我依然是个嗜睡如命的人，这一点却和我清瘦的身架很不般配。

在睡眠之外，我们有很多的工作，要在体制内（或外）消耗精力，要恋爱、还债、追名逐利，我们要在睡眠之外支配许多并非意愿的情感。当别人把工作也当作一种睡眠来对待的时候（因为他或她在制度的保护下可以不费脑子就可以“应付”过去——其实是不是在工作，已经变得非常不重要了），我常常满怀热情地在数据、公函、琐屑的事务中绞尽脑汁。这使得睡眠对我来说，更加重要。当我把生活当作梦幻来看待的时候，我也许是清醒着的，我观望着生活的光怪陆离、云蒸霞蔚，流水般的阳光淌过静止的事物，而我的清醒、犹疑，像是一个阳光下的斑点……最美的画面，在我的记忆里依然是，少年时代走过夏天县城正午的大街，整个世界像是都在入睡，静谧而孤寂，只有发烫的阳光摩擦出“嗡嗡”的金属般的声响，人行道的法国梧桐和枫杨树下，跳荡着斑斑点点的光影——这个画面，无时无刻不出现在我的眼前，使我晕眩和昏睡。我怀念那个年代广播里的乐曲、人们的衣着、陈旧老式的楼房、自然生长着的街树、笨拙的拖拉机、人们的笑容……多少次，我在梦中返回到年少的时代，返回到从前的大街，返回到争吵的童年，返回到电影院门前的黄昏和人们欣喜的目光中。

在这个城市，我睡思昏沉的时候，它没有停止它的喧嚣，和蠕动的胃口。当我清醒着，它也未曾在我的注视中沉睡，像一个年过四十的女人，有着歇斯底里的疯劲。我听得见它的抱怨、喘息、哭泣，以及愤怒的吼声……在这样的声音里，我依然能够入睡。因为只有在睡眠的时候，我的神经才获得自由和兴奋，而在醒着的时候，我的思维总是陷入不可救药的停顿——我习惯的表情和动作就是茫然和摇头，像个委屈而惊恐的儿童，噙着眼中的泪水，退缩到一片无比小的阴影中去。睡眠中，我的活跃的神经连接着消逝的往昔，飞向某个县城，某个女人和母亲的身边——我一直渴望的巨大的爱，在人世经历的苦恼、沧桑，需要找人倾诉的愿望，似乎都得到了满足。

对异性的期待和幻想，有着和睡眠相似的性质。当一个男人遭到女性的责骂："你白日做梦吧！"这和真正的白日做梦有着怎样的分别？那个需要每周透析两次才能延续生命的作家史铁生说，对于他者的爱，其伟大的意义胜于母爱。对他者的爱是敞开和沟通，而母爱是封闭的状态。对于他者的爱的期待和付出，无异于一个玫瑰色的梦境，真正彻底和完满的爱，或许永远不在现实当中。

睡眠是另一种封闭，是个体世界的自我循环，它有着和爱相近的梦寐性质，却永远排斥在爱之外。

春天经过无名者墓地

一般来说，你的名字不会进入卷帙浩繁的史册；也不会在人们鲜活的记忆里留下谦卑的笑容。因为你是一个无名者，一个无足轻重的人。历史和人们记住的，往往是伟人或者名流。你只是个普通人，以至于完全可以把你的名字抹掉。但你却和那些伟人、名流最后同享了一项权利：死亡。虽然你的死，并不被人记住和仰望。你的死是轻微的，像古人说的，“人死如灯灭。”

阿贝尔·加缪说，“真正严肃的哲学问题只有一个：自杀。”也许，你的死，上升不到哲学的高度。因此，你的死属于自杀，还是寿终正寝，也是无关紧要的。你活着的时候，也许思考过“死亡”这个问题，对于我们每个人来说，这是不可回避的。但这个念头，刚在你头脑中出现时，你就把它掐灭了。我们中国人不习惯思考死亡问题。我们恐惧它，回避它。子路有一次向他的老师孔子请教这个问题，孔子不悦地说：“未知生，焉知死。”连圣人孔子，也不愿去想这个问题。

但是现在，我路过乡下去拜访春天，经过你的墓地，遭遇了你死亡这个事实。虽然我不知道，这个事实确立在哪一年，哪一月，哪一日。我不会去拨开你墓碑前丛生的杂草，去确认它。因为这没有任何意义。这里是赣东北乡村，在连绵的丘陵地里，静卧着黑瓦白墙的村舍，桃花、杜鹃都开了，红得艳丽；柳树，杨树，也都绿得好看——是那种粉绿，让人联想到年轻少女、晨曦以及清清溪流之类，不过进入五月以后，树叶的颜色就会加深，就像女人的肤色随着年龄的增长加深一样，就不会那么好看了。在斜坡和流水上，黑色的乌鸦在上面飞翔，蝴蝶和蜜蜂，忙着在花枝上顾盼、采蜜。这一切，看起来是生机勃勃的，是初生的力和美的展示。但是，你已经看不到这一切了。你在黑暗、潮湿、封闭的墓穴，和植物的根部、虫尸、沉积的瓦砾石块，在一起。你被黑暗锁定，从此再也看不见光明。

但是在春天，经过你的墓地，你的死，还是深深地刺痛了我的心。

这片丘陵地我不熟悉，我和你也素昧平生。你的墓地，荒芜，潦草（你的生前景象是否也是如此，我不知道），显然没有得到你亲人很好的修葺。他们也许不关心你的死，认为你的生命已终结，从此可以对你不闻不问。在你身边别的墓地，我看到被修整的痕迹，杂草已经去除，地上残留着祭祀的残酒，爆竹，纸钱。而你的，却像个监禁已久的人唇颚上的胡须，杂乱而深密。赣水环绕着青山和村舍，风中吹拂阵阵油菜花的香气，田塍上走动着的，是你生前爱过或者仇恨过的人。你的这个村庄很美，那些很有些年头的建筑，上面精镂细刻的砖雕、石雕、木雕尤在，村庄的摆布，造型，据说和八卦、风水有关。这可以看出你先人的智慧和审美。这是个美丽的村庄，也是一座有文化内涵、被旅行者和训诂家感兴趣的村庄。生在这样一个村庄，是你的幸事。但是，你潦草、不堪地栖居死亡的事实，却是你的不幸。

你的死亡，显然和山下面的村子有关。这是禁锢你一辈子生命的地方。生前，你也许出过这个村子，也许没有出去过。你是个农民，虽然你的祖先也许是个士大夫，因为我在村子里，看到几处房子门楼上用楷体书写着“大夫第”字样。资料显示，这个村子曾经流传着“一门五进士”“三代皆一品”的美谈。这样说，你也就是达官显贵的后代了。你们县里、乡里不少干部纯属草民子弟，但是生前他们凌辱过你，视你为没有文化、愚蠢落后之流，一言以蔽之，他们不把你当人看，视你为真正的草芥。他们不念及你祖辈的荣耀，只把你作为管理和兑现的对象。你的死亡，和这个村子有关。无论你是出于抗命，选择农药，还是因为病痛，或者你顺从天命无疾而终，你的死亡和下面的村子紧密相连。是这个村子，把你带到人世，也将你，推向死亡。这个村子，是你生也是死的现场。你生命的尊卑，全被它所见证。

人死如灯灭。你生前所有的遗憾，不舍，挂牵，感激，乃至仇恨，都已与你无关了。你撒手离去，所有的荣辱沉浮，都已盖棺论定，不容更改。但是，还有人，在延续你的生命，经历尘世风雨，他们背负着你的名字在世间行走。这谁也消除不了，哪怕他不情愿。你的死，像碑石一样，沉落在他们心中，使他们感到活着的沉重和不易。他们祭祀不祭祀你，时间都会证明你曾经来过，活过。也许你前世阴德，投胎转世，做了另一个风光的耀武扬威的人。我为你翻身做主人而感到欣慰，但我不希望你重新去凌辱和欺压其他穷苦人。

我探访春天而来，你的墓地不经意间就颠覆了我寻花问柳的好心情。你的死亡，在春天、我的内心里被放大，显得如此醒目。你的乡贤不曾、但我想为你敬献一瓣心香。我愿意把你看作我的父亲、兄弟，你的结局，也是我的结局。因为我和你一样，卑微而无名。

经过你的墓地，墓碑和春天同时在我心里升起。

声音模仿者

十里堡

正如北京的其他地名，如木樨地、公主坟、五棵松等，都会引起我这个南方男人在地名学上的好奇一样，十里堡同样是这样一个所在。在一个温暖但干燥的上午，我拖着行李箱来到这里，扑鼻的尘埃味儿，填满了鼻腔的黑色颗粒，总使我感到不适。我的手背干梭梭的（脸想必也是如此吧，为此腾出一只手来摸了一把）。我确信我又站在了北京的土地上，想想，昨天黄昏以前还在南昌，在潮湿、阴寒的火车站门口急急地寻找入口，春运带来的混乱还没有结束，我在一些塑料绳索圈出的道路间辗转徘徊。

在开放着暖气闷热的候车室里意外地碰到一个认识的诗人。他在 7 号车厢，我在 13 号车厢。火车开动后，他背着黑色笔记本包，手里端着不锈钢水杯来到我的车厢。这个曾经的诗人，几年前就来到了北京，据说因为写电视剧本，发了一笔小财。他一坐下后，我就将聊天引向这个话题——他似乎料定我会这样问似的，滔滔不绝地述说他的经历，让我诧异的是，他竟以抱怨自己投资失误作为演说的开始。他说他不应该将资金投向北京、广州和南昌的房产，如果那时进入股市的话，他的财富应该是现在的五倍（我不知道他今天是否还这样想）。这些话题，引不起我和周围陌生人的兴趣。直到他聊到曾经编写的一些电视剧时，周围的人才纷纷热烈地参与了谈话，聊天一直持续到熄灯两三个小时后还没有结束。

其实我早已经困倦了，但是我没有表露出来。我为什么总是那么宽容，无法按照内心的真实感受行事，对此我无法回答。当出租车将我拉到这里，在一个激荡着灰尘的路口停住以后，我还以为我依然是在生活中的南方城市。我穿着一双已经把脚硌破的新皮鞋走进这条马路，心里后悔不迭。我要在此——十里堡，度过今年的春天和夏天。我又欣喜又难过。当我能够暂时获得单身时光时，我心里总是会涌起某种复杂的情绪。这条马路，现在岌岌可危，我居住的一侧，那些低矮、陈旧的店铺，正在度过生命中最后的时光；另一侧新盖的楼盘正咄咄逼人地靠近。

院子西边通往一条我不知名的大街，北边通往另一条大街，抱歉，我同样叫不出名字。我这个南方人，很不习惯东西南北的概念，我们习惯叫前后左右。下午无事可干，我出了院子，往北边闲逛，如果不是因为脚指头被新鞋硌得疼痛难忍的话，我会觉得很惬意。我一边走，一边打量这些尘垢满面的店铺，穿着色彩艳俗、陈旧破损、不合年龄衣装的妇女，正站在路边说话，她们黄褐脸颊上有紫红的印记。在这个通常只能仰视的都市，这些来自遥远的泥土上忙活的人们，依然可以在这里生活下去。十里堡北里相连的大街，意外的热闹、繁忙。我走进一个商场，在超市里购得如下用品：立白肥皂、舒肤佳香皂、桃木梳、海飞丝洗发水、漱口杯、卷纸、云南白药牙膏，各一件。

软 弱

软弱是一种病。是秋风里枯萎的黄树叶掉在衣领上的枯燥、不安和幻灭。我从来没有如此软弱过：当看到燕子隔着玻璃窗坠向一团团墨绿叶片上的黄花，那湖岸的青山在迷蒙的黄昏中显示了它的软弱。树影不断扩展着黄昏的到来，直到黄昏和我的窗户融为一体。

在紧闭的窗户后面，我在纸上学会了乌鸦的语言，我用手指涂抹下幸福、欢歌，和痛苦的泪水。这些夜晚将被我无情地挥霍，它空洞的部分，不断会有我内心涌起的影子将它充满，哎，粉色的台灯下灰绿的铜版纸上，显示了我身体的软弱。当一个人靠不断地虚拟未来的屋宇、道路和注定被尘埃覆盖的时间，谁能将他从拥挤的孤独中拯救出来呢？当他越来越看清这个事实：将意义交付给那些故纸堆里聪敏的头脑和未来不可估量的时间，只会让他对近旁的生活感到不确定；当他还是个经常在课堂上为数学题和英语忧虑的少年的时候，他只想成为一个木匠、单车修理者或者略知乡村堪舆术的游手好闲之徒；不幸是阅读和写作像甜蜜的糖果让他上钩，他摆脱不了虚无的幻想的生活，这生活愈益将他从生活的实体中引向小径分叉的歧路亡羊之途。当他写作，他感到软弱，写作也是一种病，让他患上洁癖、苛责、远离人群的疾病。

在他的世界里，所谓轻和重完全颠倒过来了。譬如，他忽视权利，养育，体制生活的上进，不关心工资和作为儿子和父亲双重角色的责任心；他却记恨一个陌生人的眼神，湖水的下降让他忧心忡忡，那注定的白发提前十年来到使他惶恐，一块地砖上细微的裂缝仿佛掰碎了他的心，中毒的电脑带来世纪末的灰色情绪。

那股白色病房味儿的情绪在走廊里漫延，刺鼻的药水，红色的布满脓疮的鼻头，浓黄的茶渍泼溅在衣服上的沮丧。谁没有经历过内心软弱的时刻？

去年一个曾经骄矜的姑娘，向你哭诉她的不幸，你安放在她肩头的手指看清了内心的软弱。美丽少女鼻尖涌起的雀斑是软弱。黑色蛱蝶在黄昏里扑棱损坏的翅膀是软弱。被堆叠在阳台角落里将死未死的菊花是软弱。

一个独居者在热闹的城市背面无聊地搔着干枯的头发是软弱。

曾经被你看到在书桌底下团团转的蚂蚁，和深秋不断撞向窗玻璃的苍蝇，你麻木地看着它们，对此无动于衷，这也是软弱。

声音模仿者

去年冬天，或者更早一些时候，也是北京，我们几个坐在离北京西客站不远的某处街心花园拍照。拍照，是副业，我们是想出来溜达，顺便拍照，但是实在没什么好看的，而我们之间也没有更多需要交流的地方。于是，拍照成了主业。只有我手中没有相机，为此我不得不总是扮演被拍者。实际上是拍者想被拍，又不好意思落下我这个无事可干的人，于是他们不断交换相机，把我拉进镜头，成为他（她）或背景的陪衬。那天确实度过了一个沉闷但轻松的下午。需要说明的是，街头花园其实没有花，只有一些高低疏落掉光了叶子的树，和花园中心的铸铁椅子（有繁复弯曲的图案）。干燥的寒风穿梭在光秃的树梢，阳光像微温的颜料泼在地上，如果仅仅是这样的景象，不足以引起我们更多的兴趣。在光秃的落叶乔木后面是满枝颜色金黄的银杏树林——说满枝有些言过其实，地上已经铺上了一层厚厚的金币般的落叶。也许是耀眼的黄造成了满枝的错觉。几个南方人，难得一见银杏树，纷纷留影存念。或蹲或躺或站或卧，竭尽作秀之能事。

这个忙碌但无言的下午，很快被我们遗忘了。晚上在铁道大厦，一场会议之后是例行的文艺表演，一些以往只在电视里见过的人物纷纷亮相——为什么我们心里竟没有激动？哪怕是装出来的激动也没有。艺术家们一个个登台表演，观众们围坐成一桌桌吃水果、嗑瓜子，边看边笑。有个著名歌唱家几近肉麻地歌颂作家，甚至不惜通过贬损演员的智商来抬高作家的尊贵。我知道现实的情况恰恰相反。他为什么要这样说，我不得而知。晚会的主持人是个电视里熟悉的配音演员，他的机智和夸张给我们留下了难忘的印象。我一会儿看着舞台的灯光、炫目的演员，一会儿又扫视着会场的观众，仿佛我是个局外人。整个会场的人喜笑颜开——这不是他们生活中的常态。这不很好吗？我们为什么总要停留在生活的不开心、不如意的方面——通过夸张的、不真实的场景，来获得片刻的欢乐，不也很好吗？

有个节目哪怕只用耳朵听都引起了我的兴趣。一个穿褐色西装、头发光溜的胖子，他的嘴巴能够模仿出自然界的各种声音：鸟叫声，爆炸声，警报声，瀑布声；还可以模仿摩托车、汽车、火车和其他各种机器的声音。这些声音通过高分贝的扩音器传递出来，久久地在会场回荡着，我们仿佛置身在真实的场景之中。为什么最普通的声音，通过逼真的模仿我们就觉得肃然起敬？那个主持人——著名的配音演员，似乎受到声音模仿者的感染，接过话筒，也模仿起来。他模仿的不是自然和机器的声音，而是领导人的声音，于是，在诧异的安静中，我们熟悉的不同年代的国家领导人的声音，通过话筒传达出来。正如他期望的那样，他的表演远比前者的模仿获得了更强烈和更持久的掌声。

旧屋的光泽

称天津五大道的西式建筑群为旧屋，不知是否合适？因为它们看起来仍然是新的。在初夏时节，掩映在街道树后面，显得雍容、端庄和醒目。西方人建筑惯用石材，不同于中国人喜用砖木——这一选择，似乎可意会出西方人坚实、外向、富有逻辑性的思维观，而中国人则趋向于天人合一、含蓄、内向和朴素的观念。

砖木建筑的房子，不易于保存，因而在中国大地上留存下来的村落，最早的也只是明清建筑。而石材修建的屋子，显然抗时间的杀伤力更久些。中国人更希望在“大群”中消弭自己，以个体融入群体的命运中，不太彰显自己；西方人更愿意独立于“群众”之外，时时要凸显自己的个性。和平区五大道近300处西式建筑，似乎在历史早已翻开陈旧页面的今天，默默而顽强地告诉你，它身上附着的文化基因和血脉渊源。这也成为鸦片战争以来，“西风东渐”的一个缩影——虽然被迫开埠，英、法、美、德等西方列强先后在此设立租界，作为一种历史的遗迹，在屈辱的背后，却也展示出建筑本身的魅力——对时间、空间以及文化背景的超越。当地人因而也名之曰“万国建筑博物馆。”

西式建筑如“堡”“教堂”“场”，几乎展示的都是石材的魅力，经过几何切割、雕塑，并以洛可可风格、哥特风格或巴洛克风格装饰，总使人感受到一种雄壮、繁复、庄严之美；中国建筑如

“屋”“围”“院”“楼”，材质取自于泥土和林木，虽南北差异较大，风格各异，但总体是与自然环境相融合的，简朴如茅舍，几乎是毫无装饰可言的，而奢华如大屋，则也是庭院深深，含而不露，只能在一些门楣、雀替、隔板以及题写在院墙或中堂的文字中，看出一种精致、典雅的文化意味。比如，我在皖南某处，见到一幢清代旧屋，主人在各院门，分别书写着“啸傲”“易安”“怡颜”等字样，显然，出自于陶渊明的《归去来兮辞》，可视为主人安于林下之志的一种表现。这需要有一定的文化积累，才能体会。而西式建筑，在视觉上就以其强烈的个性特征，直入人心，不似中国建筑含蓄和颇费揣测。

但文化，并非总能够一眼看透的。五道口的诸国建筑，既是历史的证物，也是艺术的活体。对于我这个南方人来说，又作为第一次游览“万国建筑博物馆”的游客来说，只恨没有做好功课。当那些早已在书本或者媒介中，耳熟能详的名字——“饮冰室”“劝业场”“小白楼”“静园”……从我走马观花的游走中一一出现和挥别之后，就如同在人影绰绰的街头匆匆邂逅早年的恋人一般遗憾和惆怅。真应该住下来，仔细地品味和欣赏。历史对于一个浮光掠影的打探者，有权做出冷漠的拒绝和掩藏。

因而，当白日匆忙的游历，化为头脑中一些闪烁的画片，如同电影胶片中沉默而销声匿迹的影像时，空白的大脑需要回想、记忆，更需要在灯下重新做功课。

“静园”是末代皇帝溥仪的旧居。寓意“静以养吾浩然之气”。对于变动不安的京城来说，天津是适合静处和观望之地。当梁启超告别政治纷争，退居津门，著书立说，“饮冰室”便别有一番冷静、痛彻之感。我在静园展览室的老照片上，看到一位乡人的面容——末代帝师朱益藩，这位乡贤，曾为光绪、溥仪两位皇帝的老师，也是京都大学堂（北京大学前身）总监督。“九一八事变”后，溥仪出关，他不但不随行，并至死未到长春，晚年在北京琉璃厂挂笔单鬻字为生。

当我在津门溥仪故居静园，遥望家乡朱益藩荷叶田田中的故居，对于前人心情，似乎多了一份贴己的体会。

庆王府的奢华和讲究，不到里面去是感受不到的。当庆王载振，以流氓手段低价从清末太监大总管小德张手中购来时，是否会想到，日后他的私宅将成为遗产，成为公众宴饮和消费之所？小德张不愧是见过世面的，这幢中西合璧的建筑，在材质上利用石材、玻璃等西式材料，在内涵上却依然是中国化的。作为原英租界华人楼房之冠非浪得虚名。

当马车将我们从睦南道97号拉过，从导游的口中，才知道一幢不大的堡式建筑，其主人是赫赫有名的“月季夫人”——蒋恩钿。这位民国女子，才貌俱佳，在苏州读高中时，与钱钟书夫人杨绛是校友，后入读清华大学西洋文学系，又与钱钟书、曹禺同学。解放后，她居住于此，将一位旅欧华侨吴先生从国外引进的400余株月季接过来，悉心照料，成为种植月季花的高手。后来，蒋恩钿将月季花全部捐献给人民大会堂月季园，成就一段佳话。

五大道的名人故居不少。这其中，既有下野的皇族、失意的政客、风流的才人、殷实的巨贾、流落的名角，包括北洋政府的总统、总理、总长、督军、省长等，寓居于此，等待东山再起。因而，津门，作为蛰伏和修养之地，对于进退有术的政客来说，是理想的避风港。而中国百年来波澜壮阔的历史，又与西方资本主义和强权政治相纠葛，在津门，得到最充分的展现。就像浓烈的酒，因过分饱和的酒精，而使持盏者目眩——那锭蓝的舰板上镀烙着太丰富的历史信息、太密集的国际风云、太冲突而又融合的文化符码。

当燕王朱棣发动靖难之役，登基太极，注定，这里作为天子津渡之地，要打上非凡的烙印。而近代以来，东来西去的烟雨涛声，又将津门磨洗成国际都市中一颗璀璨的珍珠。当潮汐退去，角逐的势力化为幻影，短暂的生命成为沧海中流散的微澜，唯有建筑依然屹立不倒，并且愈益在时间里绽放出青春的容颜。

那五道口小洋楼——让我们以和平的名义珍视和祈祷——那高大、坚实的建筑，永远庇护着南来北往栖居于此的人民。

帕斯捷尔纳克

我把他看作是造物在最初的一天所创造的那个人；最初的河流，最初的黎明，最初的暴风雨。他是在亚当之前被创造出来的。

——茨维塔耶娃

一

20世纪90年代初，于我而言，是伴随着诗歌的阅读和岁月淡蓝色的烟雾裹挟的记忆。这记忆带着冷冬雪的干燥和燃烧的松树枝的气味。时光在那个时刻，显示了它的停滞和轰然向前的双重特征。在乡村一个冬天的木屋里，我听到国度，吹响了声音尖锐的小号。好像当时并未完全意识，但是时代的风声，已经像穿堂的潮信，夹带着南国腥咸的海洋的气息而来。我供职的乡村学校周围，大量的年轻人从庄稼地里直起身子——他们有着良好的嗅觉，丢掉手中的镰刀，洗净双脚，背起行囊往南方的都市而去了。这一去，意味着他们忘返的城市漂泊的生涯开始了。我想是南方工业城市轰鸣的机器声在向他们召唤。他们俯身大地的心灵敏感地捕捉到了这样的信息。

乡村被一股仿佛地下的秘密的热流所鼓动，显得既兴奋又不安。这和我希冀乡村保持矜持的田园牧歌的稳定情调构成了巨大的反差。这反差同样的使我感到不安。直至几年以后，这个词才广泛的流行起来：“打工”。城市虚假地允诺了青年农民成为一个穿工装，告别农业的幻觉。我周围的村子，年轻人逐年减少，直至成为一个个只有老年人和孩子的村庄。

也许是受到20世纪80年代诗歌理想主义情调的蛊惑，我热爱一切纯洁的物事，包括写作本身。对逐渐明朗起来的商品主义怀着莫名的恐惧和抵抗心理。似乎是，机器流水线生产繁盛的商品同时，也对本该节制、纯洁的心灵带来了浸染和伤害。我这个刚刚进入20岁的毛头小伙子，却有着一颗属于庄园时代的保守和古典的心，我总是期望一切秩序的稳固不变，渴求一种终极性的人类美好价值。

当时我并不知道，我后来长期被另一颗类似的心灵所指引，而且这颗心灵的侧面，有着类似的光芒的照耀，那是来自托尔斯泰的巨大光辉。虽然这颗心灵所经历的敏感、恐惧、挣扎，和托翁经历的时代印记和呈现方式不同，但在内在的复杂性和细腻敏感深刻上，又是多么的相似。

那就是帕斯捷尔纳克。

二

有一天，我读到一首《二月》的诗，开头神奇的句子一下子就揪住了我：“二月。墨水足够用来痛哭！……”我的目光久久地落在这一行，这奇异的句子如此陌生，但又如此强烈地激发起我某种熟悉的情感。这句子和我后来看到他的自传随笔《安全保护证》里，“诗人是自愿地赋予他的一生以陡峭的倾斜，使它符合不了我们在传记中希望看到的那种垂直线”相仿。这样的句子，也像他一生命运的象征和喻示。

仅仅凭着《二月》开头的一句，我就被诗人征服，开始强烈地喜欢上这位诗人。我记得，这首诗，好像是在当时很流行的一本诗歌杂志——《诗歌报》月刊上读到的——如今这份杂志早已不知所踪，更让我内心里产生某种慨叹。也许同期还译介了他的其他诗，我已经不记得了，但是唯独这首诗，一直垂挂在我的脑海里，挥之不去。此后，很多年来，我拼命地寻找他的另外一本著作：长篇小说《日瓦戈医生》。这本给他带来世界性荣誉和晚年苦难生活的书。我当时还在赣西一个小县的无名乡村中学教书，委托在省城的一位同学去书店找，几年都没有得到。或许是一种缘分，我和这本书的相遇，还要迟至几年后一个偶然的时刻。

几年后，我参加省作协在修水县举办的谷雨诗会，途经南昌，在书店看到他的随笔集《人与事》，感到意外的惊喜，当即买下，带到修水开会，又带回遥远的乡村学校。《人与事》收录了帕斯捷尔纳克两篇自传随笔《安全保护证》和《人与事》。前者是诗人题献给奥地利诗人里尔克的。在随笔里，我看到一个诗人对另一个诗人产生的影响，在精神的世界里似乎重塑了一颗敏感和伟大的心灵。这同样高贵和优秀的心灵始终对他热爱的那一颗像恋人般朝圣。我深为诗人的纯洁和忧郁所感动。

阅读《安全保护证》，仿佛是听诗人弹一支支曲调低回的钢琴曲，或者是欣赏一帧帧黑白木刻画。那是开始于一个火车站的叙述，诗人（其时 10 岁）同父母在车站，匆匆和一位客人（和他的母亲或是姐姐）告别，那是孩子父母的朋友，这个在诗人当时看起来只是一个“幻影”般的男子形象，在多年以后赠送给孩子父母的诗集里，打开了他最初的记忆，和启蒙了他内心孕育的果核。

这个俄罗斯广袤大地的某个车站，就这样嵌入了我的内心。“谈了一会儿，他们便告辞回自己的车厢了。不多一会儿飞驰在车旁的铁轨路坝倏地刹了车。白桦闪闪略过。车厢间缓冲器在铁轨上吱呀着，碰撞着……顷刻间降临了枪响一般震撼人心的死寂。”

我是坐在一座红色山冈的旧宿舍里，阅读这本书的。如同是一个虔诚的教徒，听着神父声音遥远但清晰的布道——我这样说，难免显得矫情——我有足够的理由去爱其他的更多的作家，无论是我们国度茫淼的长河里那些闪亮的名字，抑或是异域早已盖棺论定的名副其实的大师。但是很奇怪，我喜欢这个人的文字，哪怕只是翻译过来（译者是乌兰汗先生和桴鸣先生）。文字里流淌的画面，并不很清晰，而像是冬天过早来临的北国黄昏远处的剪影，那种古典油画般的酱油色调。诗人认为《安全保护证》被一种“毫无必要的造作——给糟蹋了”，我却并不那么认为。在那些表述不很清晰、有些晦涩、迟滞的句子间，语言似乎有一种别样的活力，就像一个在淤泥中行走的男子寄予观者的形象一样。这种语言并非帕斯捷尔纳克独有，我在同为俄罗斯“白银时代”诗人曼德尔施塔姆的散文里，我也看到。甚至在法国作家加缪早期的文字中也有这样的发现。

当然，语言是一方面，更主要是诗人善良、倔强、优柔和理想主义的精神世界，让我着迷。人生总是在选择的疑难间，显示出美丽。诗人是个极有艺术禀赋的才子，这来自他父母的遗传；又是个敏感而充满热情的保守派，一个善良而正直的怀疑主义者。他的出现，总是会映衬出周围人的平庸、势利和独裁嘴脸。他是人群中的异数。甚至对于某些自认为掌握真理的人来说，还是个危险分子。他生来就是为了书写时代的罪恶，是个不合时宜的孤独者、恐怖者、忧郁者。

时代总是要迟至多年以后才会把他送上神坛，虽然在当时，赏赐给他的只是鞭笞和刑罚。

三

阅读帕斯捷尔纳克，也许契合我青春期的孤愤；在人生百年中，青春期总是接近历史中的魏晋风度，有着反叛、觉醒和长歌当哭的狂放。

而我现在周围的年轻人中，更多的是老于世故、投机取巧、怯弱和霸道。我觉得我们的青春和他们的青春是多么不同。他们的青春期更像是明朝。他们对帕斯捷尔纳克这样的作家已经不感兴趣，他们阅读口感甚好的文学可口可乐。

我在乡间学校的宿舍里，在夏天乡村公路白杨树疯长的寂静里，在火车侵入丘陵夜晚的轰响里，在时光的虫子在镜片上闪亮地飞舞的迷茫里，阅读帕斯捷尔纳克。

诗人说“人世间我最喜欢的是音乐”。他本该成为一个音乐家，继承钢琴家母亲的衣钵，然而那一直隐藏在身体里不安的疑虑，终于在一天被诗人自觉到，“我没有绝对听觉”，虽然这一缺陷与总的乐感丝毫无关。于是，在“毛茸茸、汗涔涔的大乌鸦、马匹和行人陪着我在齐膝深的水里走向斯摩棱斯克大道”，他和音乐分道扬镳了。

《安全保护证》里叙述的一切，音乐，以及他后来在德国马尔堡大学学习哲学，这些，像意外的插曲，为他以后拿笔写作预设了看似迂回的藩篱。

帕斯捷尔纳克放弃哲学，就像当初断然与音乐分手一样。这是一个青年人准备去做诗人向过去挥动的不无浪漫的黄手帕。生活的断裂，在一个诗人那里是经常性的举动——因为他随时准备和既有的一切划清界限。就像他日后声名鹊起，却不同于马雅可夫斯基等人一样，拥有足够的读者。他和潮流始终保持着必要的距离，对同化和集体，始终保持着缄默的抗议。古今中外的诗人无一不是怀疑主义者。前苏联的文艺界领导人并不喜欢这个高傲的、才华横溢的沉默者，认为他的诗歌晦涩难懂，和人民的生活不够亲密。他的诗歌甚至到后来难以发表，而不得不选择译诗。

在我日后获得漓江出版社出版的《日瓦戈医生》里，看到诗人的照片：质朴、忧患的眼神，起伏的沉默的唇肌，紧闭的阔的嘴，狭长的脸，显示出一种不会讨巧的旧式知识分子的耿直和坦然。

四

1958年，瑞典科学院授予帕斯捷尔纳克诺贝尔文学奖，以表彰他在“当代抒情诗和伟大的俄罗斯叙事文学传统领域所取得的重大成就”。如果没有写出轰动西方的长篇小说《日瓦戈医生》，这份殊荣能否来到他头上尚未可知。这本并没有在国内出版的小说，却遭到了当局的强烈批判，罪名是否定十月革命。报端连篇累牍地组织批判《日瓦戈医生》的文章，虽然撰文者没有一位阅读过这本小说。这种糟糕的先入为主的攻击，使诗人陷入困境。曾经有两个作家没有领取诺贝尔文学奖，一位是法国作家萨特，他拒绝领取；一位就是帕斯捷尔纳克，他是被迫放弃领取。并且因为这本小说，在国内一蹶不振，于1960年孤独地去世。

在诗人生命的后期，有一位挚爱的恋人伊文斯卡娅，她也是小说《日瓦戈医生》中拉拉的原型。在诗人准备一个人与当局进行抗争的时候——他在致当时作协负责人的信中说“我知道在社会舆论压力下必定会提出开除我会籍的问题。我并未期待你们会公正对待我。你们可以枪毙我，将我流放，你们什么事都干得出来。我预先宽恕你们。但你们用不着过于匆忙，这不会给你们带来幸福，也不会增添光彩。你们记住，几年后你们将不得不为我平反昭雪……”但当局将伊文斯卡娅作为要挟时，诗人放弃了抗争。为了捍卫荣誉，他不畏流放甚至死亡，但是为了挽救恋人，帕斯捷尔纳克站在了爱情这一边。

一个有正义感和良知的作家，总是不会轻易放弃心中的价值。日本作家村上春树在耶路撒冷领奖，发表演讲，表明自己作为一个作家，始终选择鸡蛋一边，而不是石头的立场。这是一个有良知的作家发出的肺腑之言。村上春树的声音里传递着帕斯捷尔纳克的声音。始终站在弱者而不是强权一边，选择维护人类的价值而不是趋炎附势或者成为犬儒附庸，这是作家写作的理由。

20 世纪 80 年代以来，我国就先后译介了帕斯捷尔纳克的诗歌和小说，但是，在当时的苏联，诗人的荣誉还在黑暗的地下沉睡。

在《人与事》前言中，乌兰汗先生说，1985 年诗人叶甫图申科随苏联作家代表团来中国访问，得知我国准备出版《日瓦戈医生》时，流露出那种惊喜的激动。说“你们出了这本书，对我们会形成一种压力。”此后他联名十四名作家为诗人平反，并在 1986 年，苏联作家协会正式为他恢复了名誉，并成立了帕斯捷尔纳克文学遗产委员会，出版帕斯捷尔纳克全集，修建纪念馆等等。

收入在《人与事》的附录里，有科·楚科夫斯基写的纪念老友帕斯捷尔纳克的文章，当时诗人去世才五年，对于诗人真挚的赞誉仍然冒着极大的风险。在科·楚科夫斯基优美的文中，我看到诗人“他总是怀着少年人的纯朴的轻信，用一双黄中透褐的、炯炯发光的大眼睛，久久地注视所有的人”。“他的基本特质之一就是极度敏感、易于激动、热情奔放”。

诗人晚年住在莫斯科郊外的村庄时，经常和科·楚科夫斯基在林中小路上相遇，在科眼里，诗人和颜悦色，动作敏捷，有着舒展的、响亮的、低沉的男中音，他会在春雪消融的春天，手上拿着毛巾，沿着羊肠小道头也不回地一下子扎入冰冷刺骨的水中。到了花甲之年，他仍然健壮，活跃，灵巧，像个小伙子。

这个硬汉形象的帕斯捷尔纳克，在厄运前依然是诚恳的热情的，用科·楚科夫斯基的话说，是诗人对生活“感恩”。这位老友回忆远在20年代的时候，有一次朗诵沃尔特·惠特曼的诗给他听，突然发现他满脸泪花。这位老友固执地相信诗人并不是个多愁善感的人，相反，他骄傲地维护诗人的硬汉形象——越是如此，他对诗人表现出来的流泪的一面感到印象至深，他发现诗人倾听自己心爱的肖邦的练习曲时，谈起自己晚年才“发现了”契诃夫时，都看到他“突然热泪纵横”。

诗人本质上是个孩子。就像所有的诗人天生都是孩子一样。尽管他历尽艰辛，他的诗歌依然发出创世之初般清新、健康的声音，这声音贴着广袤的俄罗斯大地，化为乡村的雨丝，暴风雪刮卷的台阶，桦树林，车站，紫云英，夏日尘土飞扬的道路，寂静的河流，美丽的星空……就像诗人在《天放晴时》歌唱的：

……
自然，世界，宇宙的密室，
我将久久地服务于你，
置身于隐秘的颤抖，
噙着幸福的泪滴。

五

由此我怀想那些优异而痛苦的灵魂，那被自命不凡的庸人们取笑、冷落的煎熬，这些矛盾和困惑，钻石和尘土，共同构成的世界。当庸才的意志凭借权力对人类的精神和尊严进行无情践踏时，当历史轮回宿命般落下巨大的投影时，是不是还要有诗歌，是不是还要有理想和纯洁的情感，就像托尔斯泰在小说《卢塞恩》里塑造的一个被文明国度的绅士们、贵妇人小姐们冷漠旁观的流浪歌手悲惨的命运。作者发出近乎呐喊的赤子之声：

“大家都爱诗歌，都寻找它，希望生活中有诗歌，在生活中寻找它，可是谁也不承认它的力量……难道金钱，即使是几百万，能把你们赶出祖国，聚集在卢塞恩这个小地方吗？金钱能把你们召集到阳台上，让你们默默地一动不动站半个钟头吗？不！迫使你们行动的只有一样东西，它能比生活中所有其他的动力更有力地推动你们，这就是对诗歌的需要……你们觉得‘诗歌’一词是可笑的，你们以嘲笑和责难的口吻说这个词……

“一八五七年七月七日在卢塞恩最富有的人们下榻的瑞士饭店前面，一个流浪的乞丐歌手弹着吉他歌唱了半小时。约有一百个人听了他的演唱。歌手三次请求大家给他点什么。没有一个人给他任何东西，许多人还嘲笑他。

“这是我们当代的历史学家们应该以充满激情的、不可磨灭的文字记载下来的事件。这一事件比报纸和历史书上所记载的许多事实更重要，更严重，具有极其深刻的意义……”

我觉得这是我目前为止读到的对诗歌存在理由的最佳诠释。诗歌绝不是某些人说的“朦胧难懂”“曲高和寡”“中产阶级趣味”，恰恰是人类心灵的需要，出自于本能。人们对诗歌的抛弃，是人类的巨大灾难，是人类文明的泯灭。

当彼得堡巨大建筑深黑的投影，淹没了那些奔忙的恐惧的人们面容的时候，诗人质疑强权、暴力和伪善，用一双孩子般纯净的眼睛注视大地，注视半个多世纪以来俄罗斯的命运。他始终在大自然神秘而深广的胸怀里寻找艺术的节拍，相信永恒的大地终将涤荡尘埃，洗净血污，“对半个世纪的回忆 / 像逝去的雷雨向后退去”，（《天放晴时》）。“艺术家的手是多么神奇 / 洗去万物的尘埃和遮蔽 / 生命、现实、往事 / 走出他的染房时已变幻了形体”（《雷雨过后》）。

尽管上帝赐给帕斯捷尔纳克一副如泉水般清纯的歌喉，尽管诗人始终将自己的命运投放到历史滚滚的洪流中，投放到人民激荡的生活中——对生活，他发自肺腑地唱出“我的姐妹是生活——今天 / 她用泛滥的春雨狠砸在众人身上 / 佩戴饰物的有钱人自命不凡 / 谦恭地咬噬，犹如燕麦丛中的蛇……（《我的姐妹是生活……》），诗人对充满青春激情的生活放声歌唱，对物质富足但精神空虚的伪善的“有钱人”的厌恶之情溢于言表，但是，他依然被庸众们踩在脚下，并无情地践踏。

苦难的生活造就了复杂的、晦暗不明的灵魂。历史的车轮，有时像复印机一样滚过，显影出相似的人类的命运。而诗歌，就像是打字机上紧密但无法看见的声音，响在人们心灵的底板上。

需要诗歌吗？在今天，依然是个问题。

六

现在，我坐在距离十几年前教书的无名乡村学校千里之外的都市，读着《日瓦戈医生》，看到医生在残酷的命运面前和恋人拉拉分手后多年的一个八月末的早晨，从一辆有毛病的电车上摔倒下来，在街头死亡——泪水蒙住了我的眼睛。

我站起身来，深冬的中国中部的某个都市，华灯初上，在林立的高楼下面是汽车奔忙的宽敞的街道，灯火辉煌的商厦开始了一天最繁忙的一刻，下班后的人们拥进商场、饭店、歌厅，和物质狂欢的时刻拉开了大幕，兴奋的燃点要迟至午夜之后才能消散。十几年前，我在乡下教书的时候，打工浪潮席卷全国，那些中部、西部的乡村农民纷纷离乡背井，在城市开始了掘金生涯，大地像个巨大的工厂，吞没着数不胜数的商品、人们无穷无尽的欲望，在制造奇迹和尘埃的国土上，渴望幸福生活的人们异常兴奋、面红耳赤。

诗歌已经成了我们这个时代的稀物。人们可以自由地、尽其所能地享受诗歌带来的愉悦，但是依然改变不了诗歌凋零这个事实。当年帕斯捷尔纳克无法按照自己的内心来写作诗歌，今天，我们却在城市化、物质化武装起来的心灵里面，寻找不到诗歌的蝶衣，我们看到商品狡黠的眼神，就像一个风情美人，对一个脆弱的纨绔子弟步步诱惑，我们今天终于一头栽进商品的深渊里，摸不到诗歌风清月白的衣袂。

当作家成为财富榜的新闻，当诗人赤裸着身子在街头出卖诗歌，当青春偶像作家一面炫耀财富一面可耻地盗版他人的灵魂，当寂寞的书斋终于坐不下一个个清瘦的身影——纷纷投奔灯火绚丽、美女如云的影棚，充当蹩脚的编剧，当生活日益地呈现它深不可测的复杂面目而作家们在画地为牢、叶公好龙地低语，当一座座商品堆积起来的巨楼向大地投下它可耻的影子，当生活成了一种奔忙和惯性，成为一种盲目的消耗和随波逐流……诗歌，早已在人们倨傲的内心降下了暗淡的旗帜。

没有命令和禁锢，没有逼迫和盘问，人们对诗歌的需要自动放弃。

我想起，第一次遭遇帕斯捷尔纳克，是读到诗歌《二月》，“二月。墨水足够用来痛哭 / 大放悲声抒写二月 / 直到轰响的泥泞 / 燃起黑色的春天……”

我想起，我坐着摇摇晃晃的班车，去修水参加谷雨诗会，口袋里夹着散发油墨香味的《人与事》，满脑子的隐秘激情——那是经由诗人燃起的，对生活一腔柔情的感激和审视，对未来的设想和预见。诗歌像夜晚的昙花，属于那些敏感不安、难以入眠的心灵，它依然在指引着这样的心灵，用目光去注视车窗外神秘的夜晚，大地上的河流，树木，头上的星空，那是一种神秘的力量，纯洁的力量，宗教般让灵魂静止和肃穆的力量，同时也是使一个安静的夜晚躁动不已、蓬勃盛放的力量。

莲花之上的国度

我将眼合起来
却在你的眼中睁开。

——奥克塔维奥·帕斯，《通过……》

巴士上的男人

那个男子，坐在巴士的副驾驶员位置，目光一直望着前方。他的沉默，安静，仿佛要让人忽略他的存在。

而现在，他却在做着一份重要的工作，作为印方的代表，他要在新德里全程陪同我们。他肤色黑，个子矮小，有一个高挺突兀的大鼻子。他经常晃动他的脑袋，像是摇头（起初，我竟然不知道，在印度摇头是表示赞同）。我忍不住去猜想他的身份——他是否是个作家？因为他看起来不像。而且，他长得的确有些貌丑。

在我们第一天凌晨抵达德里机场的时候，他已经出现在那里，恭候在出站口。他旁边还站着一个个子高大、相貌威严的男子。他们热情地和我们握手，用英语和我们寒暄。我注意到他的鹰勾大鼻子，此外，他还有一对大的招风耳。他的目光是严厉、深邃的。这些器官，因为组合在他矮小身躯不停晃动的圆脸上，而使他看起来却像个柔和、可爱的人。

此后，他身边这个男人，消失了，一直是他陪同我们在新德里的行程。我们从房间出来的时候，他早已在宾馆大厅等候，深陷在大堂宽大的布艺沙发里，一动不动，像一块沉思的带着影子的石头。我从远处看到他等候中显得孤单、落寞的神情，趋向于自己内心的暗处，仿佛那是个深渊般的没有流水落花、明月相照的空谷。每个人都有那样的时刻。我看到他的表情觉得熟悉。大厅里，人来人往，那些纷纷从他身边经过的人，没有将他从沉思中唤醒。直到——他看见我们，就像一块黑暗的石头，突然睁开眼，推开堆积在身上的枯枝败叶，而开口说话了。

我的英语很差，因此，我想但始终没有和他交流。

他总是坐在那个副驾驶员位置。带我们来到一个个去处。我们看了为庆祝国际儿童节，而安排的孩子们的表演；一个遗迹——里面有一个红色巨塔，一根巨大的铁柱（据说，摸了以后会带来吉利）；一个公园；一个——天啦，我居然记不起我看过的景点，我的视线和思绪缠绕在一些细枝末节上。在经过一个立交桥的时候，我看到一个瘦的、孤单的男子睡在桥洞的阴凉里，灰色的脏的衣服无法遮蔽他暴露的肋骨，他趴在地上的姿势极为骇人，仿佛一个被剥夺了半辈子睡眠的人突然得到豁免，因此他沉入的睡姿仿佛一个死者。当我们的车在一个红灯前停住的时候，突然一个五六岁的黑肚皮的女童，出现在我们的车窗外，她的脸上和肚皮上都涂着油彩，就像一片被风吹动的树叶，她突然跳起舞来，随着另外一个年龄相仿的男童敲打的鼓声——我觉得她的舞蹈里，有一种成人化的媚，然而又是激烈的、卑微的，她的身子抖动着、抽搐着，闻鼓起舞，仿佛在对未知的人世表达她蒙昧的渴望，又仿佛有一种对时间终结的恐惧——她经常在汽车等待红灯的几十秒时间里，展示她全部的热切、卑微、渴望以及失望……车窗里的人，纷纷扭头去观望这绮丽的乞儿——只有他，坐在副驾驶员位置的男子，不为所动，沉默、思虑的目光一直望着前方。

如若要我回忆更多和他有关的细节，肯定找不出来。但是，他给我的印象又如此强烈，甚至比我看到的古迹印象更深，我也不知道是什么原因。我在印度所见到的，所听到的，所感知到的一切，又在他的身上汇聚，重新形成一种印象、认识，仿佛他是一个神秘的器官，具有吸纳、储存、分辨和显现的功能。他的身上形成着在印度我的一些浮光掠影的认识：自尊、沉痛、静默、思省、朴素、内在、隐匿……诸如此类。他始终对我们是友好的，因为这出自于他诚恳的天性，他很认真，虽然不能说非常细致、周全，但他身上有着一种反求诸己、智慧沉静的东西。但是，终归我觉得我们之间其实依然缺乏通畅的沟通，陌生和障碍感，始终存在着，挥之不去。我们和他第一句问候传达的信息，在后来若干次的交流中一再重复，说明我们的沟通远没能深入。我们交谈的一百句话，依然是对第一句话的模拟。尴尬和乏味便由此产生了。我们注视的景物、看到的人，始终没有脱离我们在国内的经验，这些风物一再地和我们熟悉的风物相对恃，我们无法脱离我们生活的模子。因此，我感觉，其他人对他，这个坐在巴士上的男子的认识和我一样多。他是个知识分子，这是无疑的，他身上有着读书人的忧患，一个作家（可能的）内在的思虑、痛楚。释迦牟尼初转法轮的时候，将人世间的真理概括为“四谛”：苦、集、灭、道，这些东西，已经内在化为他身上的一部分。虽然，我并不清楚，他是否佛教徒，或者印度教徒，但是，他们民族文化古老的光辉，一定照耀着他的心。他从他民族历史和现实的苦难中，感觉到忧患和沉重。

所以他的目光，像是在看前方，其实是观看自己的心。这是每个知识人的习惯。

离开新德里以后，我们又去了孟买、瓦拉纳西等地。所到之处，虽然有相似的人，相似的街道、建筑、音乐，然而，差别也是显在的。孟买留下更多英格兰殖民的气息，建筑多为英国维多利亚时代产物，华美精巧，堪称精品，城市和人民的活力也更盛一些，经济也更繁荣一些，是一座时髦和商业的都会。瓦拉纳西的宗教氛围浓厚，恒河贯穿小城，寺庙遗址林立，又有释迦牟尼初转法轮的鹿野苑。在余下几天里，我们暂时忘记了他，这个沉默的、友好的坐在巴士副驾驶座的男子。

对我而言，旅途一直是陌生而疲惫的，我一直不能适应这里的饮食，加上感冒和腹泻，疲弱之躯对风景的感受力大打折扣。我的这种缺乏热情、略感孤独感的处境，和那个大鼻子男子何其相似。

每到一个新的地方，就有新的接待人员陪同我们，现在他们的模样我已经不太记得了。只有他，给我印象至深，恐怕也是出自于一种相互的认同吧。是否，在他身上友善、沉默、抑郁的表情里，我看到了自己的影子？这不得而知。我对他的好感超越了他矮小的身躯、欠佳的容貌，而被一种内在的精神气质所吸引。我甚至想，他也会像我一样地突然从人群里出来，独自走到郊外看田野、夕阳，在酒吧咖啡店打发孤独惬意的下午，一个人去影院，在昏暗的光线中不知不觉睡着了，或者借助香烟（但不依赖于此）排遣寂寞……仍然是不得而知的。

因为对人的复杂性的认识，超越了对一个国度的认识。在人的身上，我目见了同情和陌生。

幽隐的玫瑰

阿育王饭店二楼走廊水盆里盛放的玫瑰，清幽的香气，使人不禁晕眩。每次，我从式样古老的英式电梯上楼——那电梯照例停顿时发出哐当的巨响，并且伴随着比较明显的摇晃，然后顿住，仿佛是在昏睡中撑开眼皮——不锈钢门迟缓地开启，我急急地迈出。这时，空的二楼大厅悄无一人——也许礼貌而狡黠的男侍者正躲在哪扇厚布帘后面吧。总之，我并不能确信我是自由的，不被窥视的。这个时候，想想吧，外面的大街上阳光炽热，密集的人流在大小街巷里涌动——但你并不清楚他们会去往哪里。不少人一望而知是离开土地进城的流民，他们往往表情庄重严肃（也许是克制的愤怒和拘谨），头发枯乱而没有光泽，消瘦的身上有着深浅不一的黑的肤色，你无法知道他们的背景、种姓、宗教、等级等等，他们额头上点着鲜红的吉祥的标记，但细究起来也是不明所以的。街道的混杂、喧嚣，在片刻之间会让你感到窒息。

“我却发现对大部分印度人而言，印度的贫穷仍然是一个浪漫的概念；它在人们心中激起虔信和凄美的哀愁，是这个国家独特性的一部分，更是成为甘地之摒弃物欲精神的手段。”（V.S. 奈保尔，《印度：百万叛变的今天》）这个时候，无处不在的尘土、骄阳、汗水和大街上随意搭建的临时遮蔽物（那是大量人群的安身之所）、色彩肮脏的建筑上经年的霉斑，这一切，让你感觉到，人被一种巨大的生存的欲望所控制、吞噬，这是我们曾经熟悉的一部分。你会油然地产生一种浅薄的虚荣感，你会想到你自身的国度，为着她种种的一切滋生强烈的对母体依附的情感。

印度，是一个历史上很少完整统一过的国家。我很惊讶，在穆斯林、莫卧尔以及英格兰统治她的久长的历史里，她的文化不仅没有碎裂，而且变得更加强大、富有生命力。无论社会动荡还是生活贫苦，人们总会怀有一种强大的也许是缘自古老的印度文化传统的力量，内心坚定，对精神信仰始终虔敬如一。

我在隔断着难以忍受的众声嘈杂、混乱脏污的大街之外的饭店二楼，这富丽堂皇和阒静无人，同样的让人很不自在。穿着黄色上衣、褐色裤子的侍者文雅而谦恭，但是他们心里始终惦记着你口袋里的小费，仿佛他赶在你之前将门打开不是出于一种服务理念，而纯粹是为了“10个卢比”。一楼大厅门外站立的侍者则身着色彩鲜艳的传统服装，脑袋上裹着头巾，有着暗中透红发亮的脸、白色的有着漂亮弧度的胡须。他脸上的威仪让人感觉像是个国王。

我每日呼吸着走廊玫瑰和檀香木混合的香气——我知道，这个国家的香料非常著名，这种香气和我在国内南方闻的植物和化工材料的香气不同，这里的香气有着类似中药的味儿，有一种让人不可知的精神化的东西——似乎那若隐若现的气息里，也浸透着梵和音乐。水盆是白色镏金边碗花形状的陶瓷，满满的紫红花瓣撒在水面上，也许水里还放了些别的什么香料吧。花盆旁边的纯木墙壁上挂着油画。粉红的类似沙丽围成的拱幔，显示出一种小布尔乔亚的情调。

陌生的情调。陌生的语言。我还没有寻找到一种可以在大街和饭店之间达成一种心理平衡的办法。我的不适和失语的感受无处不在。如果仅仅是大街上呛鼻的灰尘、辛辣植物的气息、墙角的腥臭、汽车尾气的黑污和弥漫在骚动人群头上的烟雾，我也许更能准确地把握这个国家。我不知道，我看到的一切，和1988年第三度周游印度的奈保尔爵士所看到的一切，有多大的不同。

印度人喜欢生活在一个大家庭里，并不喜欢出外过一种小家庭生活。昂贵的房价，使他们不得不十几口人在一个窄小的十几二十几平方米的天地里生活。而这些人当中，并不完全都是社会地位卑微、从事体力劳作的人，他们之中有律师、记者、医生、政府公务人员等等。无论在新德里，还是孟买，大片的贫民窟，似乎成为它们城市独特性的景观之一，而政府似乎也不避讳将它落后的一面给外国人看。我在瓦拉纳西的克拉克饭店住的时候，每晚，饭店的花园里都要举行盛大的派对，据说是一些企业的庆祝活动。花园绿草如茵、高大的棕榈掩映着红艳的九重葛，舞台上灯火辉煌，有俊朗的歌手在纵情欢唱，人们享受着饮料和甜点，踌躇满志，衣着光鲜，举止文雅而亲热。

这个时候，那句话就蹦出我的脑海——“你有没有看到我们贱民的美？”

这是奈保尔采访一位经济周刊记者时，这位心地善良、做事认真、具有仁厚情怀的年轻人对他的发问。

同样，这个问题也时时出现在我的脑海里。确实，我们更容易被街上那些无所事事、体格瘦削的流民所打动，包括那些摆地摊的、做杂活的、蹬三轮车的，诸如此类的人。他们脸上的淡漠，或者羞怯的笑容，调皮地和你打招呼的神情；他们身上的衣服看起来不那么干净，因为炎热的天气容易出汗，以及灰尘弥漫的缘故；他们脚上穿着塑胶拖鞋，看人的目光迅疾而犀利。但就是这些人——当然，不仅仅是他们，他们心中却有着神圣而渺远的情怀。在南印度喀拉拉邦的一处圣地，供奉着神祇阿亚帕。据说是印度教主神湿婆和毘湿奴的儿子。每年，有上千万的人去往圣地朝圣——“只有男人可以参与这朝圣；前后四十天，他们必须过着悔罪苦行的日子。不能吃肉，不能喝酒，不能从事任何只是为了满足欲望的活动，也不得接近女人。”（V.S. 奈保尔，《印度：百万叛变的今天》）

当我通过获得的微不足道的知识，和每日浮光掠影的游览，企图来把握这个神奇的国度，我觉得这是多么虚妄的事情。在这片被宗教和传说浸染的土地上，在另一个绝对存在的信仰深处，人们否定现实的价值而追寻着另一种理想，相信无所不能的神的力量——这其中包括智慧、善、爱、平等、宽容等等，始终在眷顾虔敬的心灵。我想，这力量总是比对权力、物欲和金钱的崇拜更纯粹和真实可靠。就像饭店玫瑰的香气，只是让人感到洁净、美和虔敬，它不指向浪漫，而是引导内心趋向沉思和宁静。

恒河，恒河

清晨五点我们从饭店出发，去恒河看日出。

昨天晚上，我们已经来到河边。当大巴来到市中心时，被几十辆三轮车拦住，导游下来交涉，这多半只是做做样子。只好再出费用，雇了十几辆三轮车。大街上是密集的涌动的人流，其实汽车也确无法通行。一切是杂乱无章的，没有秩序可言。一路上我们提心吊胆，但是踩车的人依然在人流中游刃有余。在印度教徒眼中，牛是神物。的确如此，我在三轮车上就看见一头皮毛油光的黄牛，怡然自若地躺在一家珠宝金饰店的大厅里。

街两边是各种店铺，牛羊家禽，在街上随意走动，屋檐上，不时窜过几只黑猫的影子，皆是肥硕、迅疾的。来自河边的音乐声由远及近，越来越清晰、壮烈。

然后，一大片辉煌的灯光突然映入眼帘，眼前的场景使我们的内心受到震荡。我们已经来到这条圣河边上，码头上早已坐满正在举行仪式的教徒和各国观光客。灯光亮如白昼，诵经如潮。我们听不懂这梵语，但依然觉得这声音里面的震撼人心的壮阔。这种感受不在现场，是无法体知的。据说，恒河沿岸十几里，都会有类似的仪式场景。我们所看到的，大概有几处举行法事（不知这个词是否合适）的祭台，每处有六七个僧侣，身披黄裳，手执法器，口中诵唱不绝。诵念的声音通过高分贝扩音器传递，直达深广的夜幕。这声音充满真挚、虔诚、朴素的情感，仿佛直接从肺腑里呐喊出来，是没有经过装饰、思虑而完全和心意融为一体的。这声音使你感到生命的悲壮，苍凉，苦难，挚爱，抑或有超拔、寂灭、宿命的战栗。

我们小心地走下台阶，恒河现在陷入夜晚的黑暗中，只感觉深蓝的水面广阔，但目测不出实际的距离。河边停着许多狭长的木船，我们上了其中一条，船夫将船慢慢摇到江心。突然想起弘一法师所说："天心月圆。"我不禁仰头，只见深渺的天空弯月如刀。船逆水而行，水面上漂流着一盏盏菊花灯。灯盏做得可爱，用干枯的植物阔叶做成碗状，内里放着菊花，浅矮的烛头放在花心。放灯的人在圣河里祈愿，满面虔诚。但通常是游客而已。离开做法事的祭台百余米，岸边有几处火葬的情景。木柴堆的火焰烧得很高。在恒河边火葬，据说是印度教徒极高的礼遇。这样的灵魂大约因为洁净而可以升天，从此摆脱六道轮回之苦。有的老人感到生命将息的时候，特意从遥远的外省而来，在恒河边坐等归去，以便火化。

清晨去往河边的路上，人流不像晚上那么多，但也不少。有比我们更早起来的人，路上遇见，皆沉默不语的样子，脸上有神秘、郑重的神态。我不知道我脸上有没有。我没有任何信仰，脸色大约一如平常吧。与其说我是来感受这里的宗教氛围，毋宁说纯粹是为了游玩。但在这样一个郑重、威仪的场景里，人自然将自己的心收缩得非常微小，再牛的自大狂也还会敛息静声，不能造次。

晚上街两边被灯光映亮的店铺，现在恢复它本来的破旧、灰暗。

这个城市：瓦拉纳西，一个人口100万的古老城邦，70%以上人的信仰印度教。瓦拉纳西是由瓦拉纳和阿西两个印度语组成。当年唐玄奘西游曾到达这里。这个城市的面貌大概不如国内的一个县城，时间在街两边的建筑上噬咬出残破的痕迹。

清晨的河边码头坐了不少教徒，其中有部分是职业乞讨者。他们把整个生命和时间，都献给了主神湿婆。在印度的传统中，是个种姓制度严格的国度，人分为四个不同等级：婆罗门、刹帝利、吠舍和首陀罗。婆罗门即僧侣，为第一种姓，地位最高，从事文化教育和祭祀工作；刹帝利即武士、王公、贵族等，为第二种姓，从事行政管理和打仗；吠舍即商人，为第三种姓，从事商业贸易；首陀罗即农民，为第四种姓，地位最低，从事农业和各种体力及手工业劳动等。还有一种排除在种姓之外的人，叫作“贱民”，他们的社会地位最低，最受歧视，绝大部分为农村贫雇农和城市清洁工、苦力等。这些乞讨者，神态安详自若，他们对于自己处在的位置并没有怨言，相信这是他的命。对于别人的施舍，似乎也没有感激，按照导游的说法，他认为这是给了别人行善的机会。

我们再次坐上船，慢慢摆渡到河心。这次我们可以将恒河看清：确实有着宽阔的河面，深的河床。水流波澜不惊，平稳地缓缓而流；水里有些漂浮的杂物，但大体是清澈的。一些白色水鸟在清晨的河面翔舞。天气很凉，大概只有 10 摄氏度。但还是有不少男女，其中大部分是中老年人，站在浅水处洗沐。那些老人赤裸着上身，浸到水里，或者不断将水往身上泼，有的身上涂着油彩，双手合十祈祷。这也是印度教徒的一种方式，在恒河边洗沐，同样是完成内心一个很高的夙愿。历代的执政者，为了笼络民心，都会在河边修建码头、建筑之类，以供教徒方便。这些建筑现在依然完好，有的墙身画着关于神的壁画，皆是色彩鲜艳，生动传神的。很奇怪的是，在这些建筑当中，我看到有一座墙体写着“久美子之家”的字样。大约是个日本女人开的旅舍吧。

这时，江心和天空颜色渐渐转暖，粼粼的波光中有绯红的光亮跳跃。我们等待的朝阳从远处的地平线上慢慢裸出来。与我们在别处见的日出没有不同。但是因为这片被宗教浸染的土地，因为这条哺育了四大古文明之一的圣河，你还是觉得这朝阳不同凡响。那天我们见的日出，起初是粉润的桃红颜色，慢慢色彩转为朱红，直至最后变为赤剌剌的耀眼金光。太阳将对面建筑全部涂染成明亮的金黄。旗幡随着清凉的风舞动。《坛经》里著名的典故：寺庙里两个和尚争论，一个说是风动，一个说是经幡在动，六祖慧能说不是风动，也不是幡动，而是仁者心动。心之外，无他物。这恐怕是智者才能到达的境界，而我们这些凡夫俗子，往往迷惑于心之外的万象世界，用佛的话说是“执迷不悟”吧。

日出带来的最初的骚动和震撼，现在渐渐淡去，我们的心复归于平静。以至于最后感到些微的倦怠。昨晚夜空弯月如刀，而今晨红日如鼓。浩渺无穷的宇宙变幻万千，人穷尽毕生知识，不能知其千万之一。物质不灭，而信仰亦不变。生命皆是时间长河里的过客，可喜的是，我们毕竟怀着一份认知的放任和天真。每个细微的生命个体，都无法复制和否定。

附　录

访谈：散文应当偿还生活克制的热情

王芸：散文是最能映现个人气质的文体。我们常常能通过几行或是几段文字，“认”出它们出自谁的笔下。有评论家说你的散文充满了“诗意的忧郁”，在“诗意”和“忧郁”这两个词语之外，似还应加上第三个词“沉思”，三者的结合，是否足以诠释你隐藏于散文之中的目光——如何看待梦想与现实、人生与世态的目光？

李晓君：散文因为其从心灵流露出来，其语言风格和气息不易掩藏，所以往往易于辨识。我起初写诗，写散文是从2000年之后的事，我散文的语言得益于诗歌——虽然在很多情况下，诗歌语言未必完全适用于散文，因为这有美化和语言过密的倾向。诗意与其说是一种语言特征，不如说是一种内心需要。我从小对美的感受比较敏感，对于消逝的美好的事物特别的伤怀，这种心绪也是一种诗意的表现。诗意是超越于日常经验之上的一种更高级、更复杂的精神感受，就像香料一样，虽不可见不可触，但它存在着。但实际上生活面目本身，却总是粗陋、庸常和扁平的，诗意往往来自于匮乏的内心对于僵硬的现实的抵触。它在多大可能上会在生活实践中体现其实是可疑的。我曾经在一篇《影子言说》的小文中，表达过自己对于梦与现实的认识，“其实梦寐对应于现实，就像影子对应于实物一样。梦想也是现实生活的投影。”写作中的我与日常中的我对生活的认识是不一样的。通常情况下，对生活的“真相”我喜欢刨根究底，喜欢看时政、经济、社会、历史、文化的文章，通过这些视角来打量“生活”，而在散文写作中，我却避免直白和过分“真实”，我喜欢含蓄地、隐晦地在文中表达对生活的理解和看法。

王芸：散文写作者群体异常庞大，很容易就会被淹没其中。从你的散文能感受到，对于所喜之物你会持以一种近乎执着的热诚。一直以来，你如何坚持属于个体的“独特性”？在你自己看来，你笔下散文的最可贵品质是什么？

李晓君：我心性有个趋向，就是好恶分明。这么多年，我一直尽量做着自己喜欢做的事情，尽量逃避和疏离伤害自己内心需要的环境和人事。我曾经说，“散文应当偿还生活克制的热情，在其中找到被生活的污垢掩盖的鲜润和清新；散文应当唤醒被公共语言、公共图景遮蔽的事物沉睡的个性化的、独异的、自我的音腔。”这是我自己的一种追求。散文的个性体现在你对文体的贡献上，事实上这很难做到。我们倾其一生努力的事，到头来发现往往是徒劳的。没有共性基础上的个性是不存在。我们每个人看起来都是不一样的，充满个性的，但是这个性却是整个共性的一部分，你总是很难逃脱经典对你的限定。古人的智慧堆积在那里，在你想开掘的可能性上，他们早就做出了探索。这一点，我在近期了解书法时，深有体会。几乎没有一个书法家能够不在临习经典法帖的基础上，横空出世的，往往是进入越深，越是发现经典的高度难以逾越。文学可能和书法还不完全一样，它的丰富性和原创性可能会更强些，这给后人的写作带来余地。我们如果让自己写的散文太像散文，屈服于一种程式化的散文写作，让它不自觉地进入了流俗散文的渠道，那是很可怕的。

我自己努力想避免这点。

王芸：你如何定义散文这一文体，又如何看待“散文的真实”？

李晓君：我倾向于散文属于非虚构文体。散文可以进入到别的文体的领地，借鉴它们文体的特点，补充散文写作的形式，取得一种“混血儿”之美。但是，我并不认同散文可以杂到漫无边际，好像小说、诗歌、戏剧之外的文章都可以归入散文。散文的自尊建立在它的艺术性上，我个人喜欢艺术散文。这就决定了散文具有一定的技术含量，同时它也是一个人学识、修养、趣味的自然流露，一个人的散文写作的高度取决于他储备的厚度。散文的真实在于他情感的真实，在于他对心灵的负责。散文完全做到客观真实不可能，因为文学和艺术本身是很主观的东西，人的记忆也是有筛选的，只记住那些深刻的、动人的部分，而对于完全真实客观的生活来说，无疑这是不完全真实的。

王芸：在你的散文中，常常将现实、记忆、梦、历史与思考交混在一起，杂以欢娱、忧伤、遗憾、憧憬等等复杂的况味，构成难以轻易解悟、一眼洞悉的复杂文本，如同色彩斑斓、光线丰富的油画。可否谈谈你如何看待散文的文与质的关系、技巧（怎么写）与内容（写什么）的关系？

李晓君：我曾经非常喜欢印象派油画。我觉得这个流派对音乐、文学，都有影响。我的散文比较“情绪化”，因为我在写作的时候，通常感情特别充沛，如果没有感情的投入，很难拿起笔来写。我尽量写仿佛可以触摸的文字“肌理”，实际上是尽可能地让自己逼近那样一种真实：感受的、场景的、气氛的、时间的、心理的……过分真实的东西反而让人产生梦幻的感觉。人生如梦，是因为，人生过于真实，这份真实导致感觉上的虚无。我是个宿命感很强的人，总感觉一切都有一个定数，有个因果。因为这样一个大的情绪在，所有的感受似乎都是在互相交叉、相互转换的，所谓“悲欣交集”。我自己的散文有个局限，就是喜欢写自己“经历的”“经验的”东西，虽然写出来让人感觉不完全真实，甚至是幻想的、虚构的生活。我觉得散文的技巧不在于散文本身，而是在小说、诗歌、绘画、音乐以及社会人生里面。散文似乎没有多少理论可供指导。这也给散文的写作带来难度，同时带来很多可能性。散文内容的丰富和广大，取决于写作者灵魂的丰富和广大。这一点是成正比的。技巧与内容或者说形式与内容它们的关系血肉模糊，无法割裂。

王芸：你经常在一篇文章中不停地转换“人称”，叙述者“我”时而变身为旁观者“他”、倾诉对象“你”，或是某个群体的代言人“我们”。这一表现方式丰富了散文的内在空间，是自创的还是借鉴自他人？

李晓君：《天涯》杂志主编李少君也曾经说到这点，他在评论我的散文《鹬鸟，鹬鸟》时说：“《鹬鸟，鹬鸟》在写法上很新颖，整篇文章，作者明明是写自己，但开头却采用第三人称，以另外一个人的角度来打量，写“那个少年，顺着黄昏的河滩行走……这是他隐秘的乐趣之一”，后面才开始用第一人称叙述，写我的少年时期，“我家紧靠河边……我的生辰八字忌讳水……我不知道我的忧郁是从什么时候开始的”，作者一直写到自己十六岁离开家乡去外地学美术，然后，又是叙述角度一换，“多年后，一个提着行李的男子，站在大街红色地砖路面上左顾右盼”，又回到了第三人称，把自己外在化了，把自己的生活客观化了……整体看来，作者的叙述却堪称转换自然，甚至是天衣无缝，就像电影镜头一转、场景一换而已。整篇散文整个笼罩在一种迷幻的感觉里，语言上、叙述上也放得开，个别地方甚至称得上肆无忌惮，比如写春天发大水，写街上一个戴眼镜的男子遭暴打，写一个天才的疯子在街上的游荡、画画和写诗，都写得相当地惊心动魄，语言也很张扬、夸张，把其极端的一面发挥得淋漓尽致，而结尾也收得非常自然，意味深长，他写那个提着行李回到家乡站在街头的男子，“他站在那里，就像许多年前那样，仿佛听到身后有人大声地叫着他的名字……他觉得这是一个梦。而鹬鸟的鸣叫像水声瞬间没了他的头顶……”。我在散文里，通常会随着叙述的节奏，场景的远近，有意识地采用不同的人称，是为了和文本保持一种疏密感。很难说这种写法属于自创。

王芸：曾经的学画、写诗经历，于你的散文有何助益，赋予你的散文何种独特的气息与秉质？

李晓君：中国古代儒家要求学生掌握六种基本才能：礼、乐、射、御、书、数。所谓“六艺”。我觉得爱好和修养尽可能的丰富和全面，对于个人来说是幸事。我没有系统学过中文，所以我的学画和写诗的经历，对于我的散文写作的帮助甚大。绘画需要塑造形象，需要表现气氛，需要谋篇布局，在散文中同样重要，甚至把这些美术要素用在散文上反而会更得心应手，毕竟文字语言的表现力比之绘画还是要强得多。诗歌训练，可以锤炼语言，如果一个人语言不佳，他的散文起码是面容可鄙的。我们在散文中往往容易写满，写得不灵动，而有过诗歌训练的人，在这一点上起码有一个比较好的自觉性。

王芸：你所喜欢的散文作家，或者更广泛地说，喜欢的作家是谁？

李晓君：很多，每一个都有无限的丰富性；有的是分阶段地喜欢过，有的则是一直很喜欢。这个名单很广，如果只列举一位，我现在更愿意说是苏轼。

王芸：你是否认可散文是不可能无“我”的文体，有不少散文写作者因为这一文体的局限性，而选择了向小说拓展，你有无这样的打算，还是会在散文领域继续深耕广收？

李晓君：散文再怎样创新，似乎都不能到小说完全虚构的程度，因为一个散文家，无论是写历史还是写现实，写人或写事，都不可能完全做到无我。他的立场、思想、见解、审美都会溢出瓶口。这也确实给散文写作带来局限。我对自己的散文还不满意，没有写出理想中的散文，对这个文体仍持有浓厚兴趣。

王芸：你是否已经找到了属于自己的那片创作“土壤”？

李晓君：我有自己明确的写作方向，有自己的场域，所要做的就是沉静和扎根。